KB005950

나의 작은 헌책방

내가 정말 하고 싶은 일을 하는 삶에 관하여

나의 작은 헌책방

다나카 미호 지음

김영배 옮김

허클베리북스

　제가 사는 오카야마는 도쿄를 기준으로 보면 오사카보다 멀고 히로시마보다는 가깝습니다. 쌀농사가 잘 되는 세토 내해에 면한 날씨가 따뜻한 지역이며 특산품은 복숭아와 포도. 그 오카야마에서 두 번째로 큰 도시인 구라시키 시에 벌레문고가 있습니다.

　JR 구라시키역 남쪽 출구에서 상가를 따라 동남쪽으로 상점가를 빠져나오면 미관지구라는 이름의 경관 보존 지구가 나옵니다. 거기서 오른쪽 골목 너머 보이는 그리스 신전 풍의 오하라 미술관을 보면서 처마가 낮은 오래된 거리를 똑바로 걷다 보면 '정말 이 길이 맞나?' 싶을 정도로 불안해질 겁니다. 거기서 조금만 더 가면 하얀색 삼베로 만든 벌레문고의 포렴이 보입니다. 역에서 여기까지 걸어서 약 20분.

19세기 말에 세워진 이른바 '상인 가옥'인데 고서점치고는 꽤 멋진 건물이지요. 2000년에 여기로 옮겨 왔습니다.

구라시키 미관지구가 관광지이긴 하지만 저희 책방은 이 한적한 관광지의 한구석에 있습니다. 여기서 걸어서 10분도 안 걸리는 거리에 제가 어릴 때 다녔던 초등학교, 유치원, 태어난 병원까지 다 있어서 제게는 익숙한 동네이기도 합니다.

책방 안으로 들어가면 열 평도 채 안 되는 공간에 문학, 사회, 사상, 심리, 종교, 민속학, 고대사, 자연과학, 미술, 음악, 요리, 프로레슬링, 만화, 그림책 등 여러 가지 책이 진열되어 있습니다. 제가 특히 마음에 두고 있는 분야는 문학과 자연과학. 요즘에는 지인이 쓴 책이나 출판사에서 나온 신간 서적, CD와 오리지널 굿즈 같은 것도 놓아둡니다.

다만 상품 대부분이 고객에게서 매입한 물건이라서 대체로 보면 '어디선가 모여들어서', '어느새 이렇게 된 듯한' 구성입니다. 가게를 바라보다 보면 새삼스럽게 '맞아, 그러고 보면 나는 고서점을 시작했을 때부터 이런 가게를 하고 싶었던 거야'라든가 '처음 생각했던 거보다 더 재미있는 가게가 되어 가는군' 하며 스스로 놀랍니다.

바닷물이 들고 나면서 생긴 조수 웅덩이에 붙어사는 말미잘 같은 생물이 살아가는 방식을 '고착생활'이라고 한다는데, 계산대에 가만히 앉아서 거의 꼼짝 안 하는 제 모습과 어딘가 비슷한 듯합니다. 언뜻 보면 따분해 보이지만, 사실 그 자리는 '앉아 있기만 해도' 여러 가지 일이 밀려드는 아찔한 세계. 생각지도 않은 일의 연속. 생각해보면 한 사람이 상상할 수 있는 이상적인 삶이란 게 참 별거 아니구나 하고 매일 느끼고 있습니다.

어깨너머로 배우면서 시작한 가게에서 보낸 20년 가까운 나날들. 나름 힘든 일도 있었지만, 이상하게도 '이제 그만하고 싶다'는 생각이 든 적은 단 한 번도 없습니다. 아마도 가게를 하며 겪은 여러 일과 가게에서 만난 여러 사람과 맺은 인연 덕분이라고 생각하고 있습니다.

차례

2부   어깨너머로 배운 헌책방

3부   고객님, 안 오시네

4부 돌고 돌아 당신 곁으로

5부 그리고 가게 보기는 계속된다

1부

그래, 헌책방을 하자

그래, 헌책방을 하자

"방금 직장을 그만뒀는데요. 그래서 헌책방을 하려고요."

2년 정도 계속하던 일을 어느 날 갑자기 그만두게 되었습니다. '이제 어떻게 하지?' 하면서 무의식적으로 향한 곳이 단골로 다니던 헌책방. 마음속으로 헌책방을 하자고 결정하기도 전에 말이 먼저 나와버렸습니다. 그때 나이 스물한 살.

가정 사정도 있고 해서 고등학교를 졸업하고 곧장 취업했는데, 그 회사는 근로기준법을 완전히 무시하는 터무니없는 회사였습니다. 10개월 만에 몸도 마음도 너덜너덜해진 상태로 버텨보다가 결국은 퇴직. 당분간 풀타임으로는 일할 수 없을 것 같아서 찻집이나 기념품 가게 같은 곳에서 파트타임 아르바이트를 하고 있었습니다.

어릴 때부터 주변머리가 없고 계산도 잘 못하고 소통 능력도 별로 없어서 사람들과 잘 어울리지 못하는 편이었습니다. 그때 이미 '직장 생활은 나하고 잘 맞지 않는다'고 깨달았기 때문에 언젠가는 내 가게를 차렸으면 좋겠다고 어렴풋이 생각하고 있었습니다.

특별히 '어떤 가게를 하고 싶다' 하는 생각까지는 없었고 그저 '내가 있을 곳을 갖고 싶다'는 정도였다는 편이 적절하겠지요.

'헌책방을 하자'고 결심한 데는 책을 좋아한다는 이유도 있었지만 개업 자금이 얼마 없었다는 점도 한몫했습니다.

책이라면 이미 꽤 많이 갖고 있었으니, 아쉬운 대로 그 책들을 진열해볼까 하고 쉽게 생각했던 것입니다. 다른 헌책방에서 일을 배워본 적도 없고, 고서에 대한 지식이나 마음가짐, 심지어는 자부심도 야망도 별로 없었습니다. 그래도 헌책방 말고는 아무것도 생각나지 않았습니다.

가와니시 마을의 연립 가옥

가게를 시작하기 위해 우선 점포부터 찾기 시작했습니다.

역에서 멀지 않고 아담하고, 적어도 화장실과 취사 시설 정도는 있어야 하고, 가능하면 가게 안을 많이 고치지 않아도 될만한. 사무실로 쓰던 곳 정도가 좋겠지요. 예산은 5만 엔 정도.

이런 생각으로 부동산을 돌아다니기 시작했는데 당시 저는 스무 살을 갓 넘긴 어린 여자애에 불과했습니다.

우선,

"저, 헌책방을 하고 싶어서 점포를……"

말하기가 무섭게 "아, 없어, 없어, 없어요"라며 상대도 해주지 않는 곳이 대부분. 집을 구하느라 고생하신 분이라면 아시겠지만, 부동산 소개소를 돌아다니는 일은 정말 소모적인 일입니다.

그래도 한번 마음먹었으니 갈 수 있는 데까지 가보겠다며, 전화번호부를 뒤져 자전거로 들를 수 있는 거리의 부동산을 이 잡듯이 다니다 보니, 마침내 "그래서 월세 예산은 어느 정도인가요?"라며 제대로 상대해주는 부동산 소개소를 겨우 찾을 수 있었습니다. 등잔 밑이 어둡다고 제가 졸업한 초등학교 바로 옆에 있는 M부동산이었습니다.

"저, 생각하고 있는 월세가 5만 엔 정도예요." 주뼛주뼛하며 대답하니, 뜻밖에도,

"아, 헌책방이라면 역시 그 정도가 좋겠지요. 잠시 기다려주세요."

맞장구쳐준 그 여자분이 부동산 정보가 담긴 파일을 훌훌 넘기기 시작했습니다.

느낌상 여기서 계약하지 못하면 아마 당분간은 가게를 구하기 힘들 것 같아서 기도하는 마음으로 그 여자분의 손놀림을 처다보고 있었는데,

"아, 여기 조금 낡았고 예산보다 비싸지만 역 근처이기도 하고, 주인도 별로 까다로운 사람이 아니니까 좋을 것 같네요"라며 서류를 보여주었습니다.

월세는 6만 5천 엔. 분명히 예산보다는 비싸지만 대로변이고 역에서 걸어서 5분. 수세식 화장실과 간단한 취사장도 있고, 더군다나 원래 사무실로 쓰였던 곳. 입구가 좁고, 안

으로 기다란 물건. 거의 제가 바랬던 그대로였습니다.

전쟁 직후에 곧바로 지어진 것 같은, 처마가 낮은 집 네 채가 이어진 연립 가옥에는 그중 한 채에만 액세서리 리폼 가게가 입점해 있을 뿐이었습니다. 낡았다기보다는 허술하다는 말이 더 잘 어울리는 곳이었지만, 제가 마음속으로 그려왔던 한적한 헌책방의 이미지에 들어맞기도 해서 바로 계약하기로 했습니다. 그곳이 가와니시 마을에 있었던 개업 당시의 가게입니다.

헌책방 체질

"가게는 시작하기 전까지 이렇게 할까 저렇게 할까 생각할 때가 가장 즐겁지. 막상 열고 나면 그때부터 매일매일 같은 일의 반복이거든."

가게 시작 준비를 하고 있을 때 어느 선배 업자가 한 말입니다.

'정말 그럴까?' 나름대로 고생하고 노력해서 가게를 열고 드디어 가게 지키는 생활을 시작해보니 그 말은 별로 맞지 않았습니다.

타고난 성격이나 성별에 따른 사고방식 차이 때문인지는 모르겠지만, 저는 가게를 열기 전까지는 도대체 무엇부터 손을 대면 좋을지 몰라서 막막했습니다. 그래도 가게를 열고 난 뒤부터는 일단 하겠다고 결정했으니 어떻게든 해야 한다는 절박한 상황에서 벗어났습니다. 그제야 '휴, 이제 한

시름 놓고 의자에 편히 앉아 있을 수 있게 되었다'며 안심했습니다. 원래 가만히 있는 걸 좋아하니까요.

게다가 제가 가만히 앉아 있기만 해도 누군가가 찾아오거나 책을 팔러 오거나 해서 점점 제법 가게다워져 갔습니다. '아, 너무 좋다'라는 생각이 들었습니다. 그런 기분은 지금도 여전히 사라지지 않고 점점 더 커질 뿐입니다.

언젠가 타고난 방랑기가 있는 한 친구가 이렇게 말했습니다.

"미호는 좋겠다. 이렇게 듬직하게 앉아서 차분하게 살아가고. 나는 젊을 때부터 이리저리 옮겨 다니기만 하고, 왠지 인생을 한참 헛살고 있다는 느낌이 들어."

제가 그 말을 듣고서 "그래도 막상 네가 여기 가만히 앉아 있어야 하는 처지가 된다면, 세계가 이렇게 넓은데 아무 데도 갈 수 없고 아무도 만날 수 없어서 인생을 헛되게 보내고 있다고 생각할걸" 하고 말하니, "아, 그러네" 하며 금방 고개를 끄덕였습니다.

아마도 사람은 스스로 계속 움직여야 여러 가지 일이 되는 타입과 가만히 있어야 일이 되는 타입, 대략 이 두 가지로 나눌 수 있지 않을까 생각합니다. 물론 저는 후자.

이런 성격이라서 제가 체질적으로 벌레문고를 해나갈 수 있는 것 아닐까요.

10월 26일 혁명

지금까지 누군가 제게 가게를 시작하게 된 까닭을 물어보면 "글쎄요, 왠지 갑자기 떠올라서요"라고 실실 웃으면서 대답하곤 했는데, 실제로 그때까지 하고 있던 일을 그만두고 나서 헌책방을 해볼까 하는 생각을 하기까지 도대체 얼마나 시간이 걸렸는지 잘 기억이 나지 않습니다.

몇 년간 일하던 직장을 어느 직장에서든 일어날 수 있는 종업원과 고용주 사이의 생각 차이 때문에 갑자기 그만두고 나서 이제 뭘 어떻게 하지 생각하다 보니 헌책방이 떠올랐습니다.

당시 자주 들락거리면서 서로 대화도 나눌 수 있게 된 구라시키역 앞 '헌책방 도쿠라쿠칸(讀樂館)'의 모리카와 씨에게 상의했더니 고물상 허가 신청 방법 같은 것들을 쉽게 설명해주셨고, 또 시다 사부로가 쓴 『동네 헌책방 입문』이라는 책도 추천해주어서 한 권 샀습니다.

빈 점포를 찾아서 부동산을 돌다가 겨우 한 군데 계약할 수 있는 곳을 찾았던 일처럼 특별한 일은 하나도 빠짐없이 기억하고 있습니다.

모리카와 씨가 『동네 헌책방 입문』을 두고 "이 책은 요코하마의 사례이고, 나온 지도 벌써 몇 년이나 지났으니까 지금은 거기 나오는 액수의 세 배는 더 든다고 생각하는 게 좋을 거야"라고 한 말도 똑똑히 기억하고 있습니다.

직장을 그만두고 이런 일들이 있기까지 적어도 한두 달은 걸렸던 것 같다고 막연하게 생각하고 있었습니다.

그런데 며칠 전, 오래된 매출 노트와 메모들을 보다가 가게를 시작한 첫해 노트에 스테이플러로 붙여 둔 어느 날의 일기 한 장을 찾았습니다. 그걸 읽다가 나도 모르게 의자에서 미끄러질 뻔했습니다.

오카야마 사투리로 말하자면 "뭐여, 이건!"이랄까.

1993년 10월 26일(화) 맑음. 일을 쉬다. 볼일이 있어서 Y(당시 근무처)에 들르니 (고용주인) M.M 씨로부터 갑자기 담당 업무 변경을 통보받음. 청천벽력. 납득이 안 가서 이번 달 말로 퇴직 신청. (중략) 모처럼의 기회이니 헌책방을 해보자고 생각함. '도쿠라쿠칸'의 모리카와 씨에게

상의하러 감. 당장 필요한 게 무엇인지 듣고 『동네 헌책
방 입문』이라는 책을 추천해줘서 구입. 부동산을 몇 군데
돌다⋯⋯.

세상에, 일을 그만두게 된 바로 그 날 헌책방을 하겠다고
결정하다 못해 점포까지 찾기 시작한 것 아니겠어요.

그래도 보통 이런 걸 보면 '아, 맞아. 그랬었지' 하고 기억
이 나면서 무릎을 탁하고 칠 법도 한데 몇 번이나 되풀이해
서 읽고 기억의 실타래를 풀어보아도 이 모든 일이 하루에
벌어진 일이라고는 도무지 믿어지지 않았습니다. '이거 정
말이야?'라고 스스로 의심하게 되고.

아무리 해도 생각나지 않아 엄마한테 전화해서 "내 일기
에 이렇게 쓰여 있는데"라고 물어보니, 뜻밖에도 엄마는 그
다음 날이 제 생일이기도 해서 꽤 뚜렷하게 기억하고 있었
습니다.

"그렇다니까. 갑자기 직장 그만두고 헌책방 하겠다며 부
동산을 여러 군데 돌다 왔다고 하지를 않나⋯⋯ 어이구!"라
고 가볍게 핀잔을 주기까지 했습니다.

"흥~" 하고 넘어가긴 했지만, 그래도 마치 다른 사람 일
인양 실감이 나지 않았습니다. 한 사람의 인생에서 커다란
사건이라고도 할 수 있는 일인데도. 어쩌면 너무 커서 보이

지 않는, 너무 중요해서 잊어버리는 그런 종류의 일일까요?

"뛰고 나서 생각하라"라는 말도 원래 그 전에 어느 정도 망설임이 있고 나서야 하는 말이겠죠. 하지만 저는 조금도 고민하지 않았습니다. 아니, 아마도 그 자리에서 5분이나 10분 정도는 고민했겠지만 일의 크기를 생각하면 그 정도는 없었다고 해도 괜찮을 정도로 짧은 시간입니다.

'무모'라는 말을 절실히 되새겼습니다.

더군다나 도쿠라쿠칸의 모리카와 씨만 하더라도, 그분이 어떤 분인가 하면 '이렇게 말하면 저렇게 대답하는' 잔소리 많은 타입. 지금 생각해보면 왜 그때, 갑자기도 그런 갑자기가 없었는데, 헌책방을 하겠다는 제게 한마디도 트집 잡지 않고 순순히 제 이야기를 들어주었는지 이상할 따름입니다.

저는 겉보기에는 느림보 얼간이가 옷을 입고 걸어 다니는 것 같은 성격이지만, 한편으로 갑자기 마음을 다잡고 움직이기 시작하면 마치 무언가에 홀린 것처럼 끝까지 멈추지 않는 극단적인 면이 있기도 합니다.

'음, 그럴 수도 있었겠네' 하는 생각도 듭니다. 모리카와 씨 가게에 매일같이 다니면서 책장에 놓인 책을 가지고 놀다가 헌책 요정에게 홀린 걸까요?

그러고 보니 ≪호쇼겟칸(彷書月刊)≫의 편집장이자 헌책방 선배인 다무라 하루요시 씨가 ≪와세다 고서마을 통신≫

편집장인 무카이 도시 씨[와세다 헌책방 거리에 있는 '고쇼겐세(古書現世)'의 2대째 점주]에 대해서 "무카이는 자기 가게에 있는 책들로부터 '응, 너라면 괜찮아, 너, 헌책방 해라'는 말을 들은 게 아닐까"라고 쓴 글을 어딘가에서 본 적이 있습니다.

어쩌면 도쿠라쿠칸의 고서들이 제게 "너, 헌책방 한번 해봐" 하고 말을 했거나, 모리카와 씨에게는 "너무 어렵게 생각하지 말고 이 아이에게 한번 해보게 해"라고 말했을지도 모릅니다.

어쨌든 저는 이 사건을 '10월 26일 혁명'이라고 이름 붙이고 올해부터 저만의 새로운 기념일로 정했습니다.

2부

어깨너머로 배운 헌책방 일

100만 엔으로 할 수 있는 가게

헌책방 창업 자금은 보통 500만~1000만 엔 사이라고 합니다. 이 책을 쓰면서 편집자에게 듣기 전에는 몰랐습니다. 벌레문고를 차릴 무렵 제게는 예산이 100만 엔 정도밖에 없었습니다.

스스로도 전혀 생각지 않았던 일이었기 때문에 창업 자금을 모으거나 하지도 않았습니다. 다만 고교 졸업 후 열 달 정도 일했던 회사가 너무나 바빴던 까닭에 월급을 쓸 시간도 없어서 매달 통장에 들어온 돈이 그대로 남아 있었습니다. 그 돈이 약 100만 엔.

은행이나 국민금융공고(일반 금융기관에서 융자를 받기 어려운 소규모 자영업자 등 서민들에게 대출해주던 일본의 정책 금융기관. 현재 '일본정책금융공고'로 명칭이 바뀌었다 ― 옮긴이)에서 빌리는 방법도 있었지만, 단기 아르바이트를 전전하던 제게 돈을 빌려줄 곳은 없으리라 생각했고, 만일 빌릴 수 있다고 하더라도 갚을 수 있는 길이 도무지 없어서 처음부터 그 방법은 생각하지 않았습니다.

우리 집은 살림이 그다지 넉넉하지는 않았지만, 생활이 어려울 정도는 아니었습니다.

부모님에게 돈을 빌리면 어떨까 하는 생각도 해봤지만, 유감스럽게도 아버지는 '네가 무엇을 하든 네 마음대로지만, 그 대신 일절 도와주지는 않는다'는 주의여서 그 방법도 포기.

'하여튼 지금 가진 예산만 가지고 어떻게든 해볼 수밖에 없다'고 마음먹은 시점이 출발점이었습니다. 고서적상 조합 가입비를 마련할 수가 없어서 조합에 들어가는 일조차 포기할 수밖에 없는 처지였지만 그래도 '이걸로 어디까지 할 수 있을까?', '뭘 할 수 있을까?' 실험이라도 하는 것 같은 작은 즐거움을 느꼈습니다.

책장 판자를 찾아서

'15만 엔이라……'

점포의 크기를 재고 필요한 목재 수를 계산하여 근처 목재상에서 견적을 받아 보니 이런 금액이 나왔습니다.

두께 30밀리, 길이 3~4미터인 일본산 삼나무 판이 수십 장. 지금 와서 생각해보면 적당한 가격이라고 생각되지만, 아무튼 창업 자금은 100만 엔 정도. 어쨌든 모든 것을 최대한 싸게 해야 합니다. 잡화점 같은 곳도 돌아다녀봤지만, 어디나 거의 비슷한 가격.

'역시 그 정도는 필요하겠구나' 하고 포기하려고 할 무렵 한 지인이 '오카야마항 근처에 있는 목재 도매상 중에 개인한테도 도매가격으로 파는 곳이 있다'고 알려주었습니다.

곧바로 아버지 차를 빌려서 갓 면허를 딴 아슬아슬한 운전 솜씨로 차를 몰아서 지인이 알려준 목재 도매상으로 향했습니다.

50대의 사장님이었던 것으로 기억합니다. 사정을 설명하자 흔쾌히 목재를 파시겠답니다. 견적을 내보니 7만 엔. 목재 소매상에서 부른 가격의 절반도 안 되는 금액입니다.

그 도매상 한쪽 구석에는 1960년대 것으로 보이는 낡은 승용차가 있었고 사장님은 취미로 그 차를 고쳐가면서 타신다고. 아마 스스로 곰지락곰지락 무언가 만들려는 사람의 기분을 이해해준 것 같았습니다.

그런데 4미터나 되는 판자가 수십 장이나 됩니다. 승용차로 나르는 건 절대 무리. '어떡하지?' 하고 고민하고 있으니, 사장님이 "가게가 구라시키에 있다고 했죠? 다음 주에 받으셔도 괜찮다면 배달해줄게요. 많이 샀으니까 서비스로"라고 하시고, 며칠 뒤 큰 트럭으로 목재를 가져다주었습니다.

커다란 크기의 목재 도매상은 월세가 무려 100만 엔이랍니다. 배달을 마치고 돌아가시기 직전에 하신 "어떤 규모의 가게든 가장 큰 일이 매달 내야 하는 월세야"라는 말을 지금도 저는 월말마다 되새깁니다.

그 사장님은 어떻게 지내고 있을까요? "저. 그 책방, 아직도 하고 있어요" 하면서 찾아가보고 싶지만 이 소망은 아직 이루지 못하고 있습니다.

가게 이름은 벌레문고

벌레 문고. 이상한 이름입니다.

헌책방을 시작하려면 반드시 필요한 고물상 허가증. 구비 서류를 준비해서 지역 공안위원회에 제출하고 조금 기다리면 대부분 나옵니다. 필요한 자격이나 교육 같은 건 따로 없습니다.

서류를 제출할 때 영업장 주소와 가게 이름이 필요한데, 그것들을 빨리 정해야 해서 서둘러 붙인 이름이 '벌레문고'였습니다.

"가게 이름의 유래는?" 하고 물어보는 사람 열 명 중에 열 명이 '벌레'에 주목하는데, 그 당시 저에게 중요한 부분은 '문고' 쪽이었습니다.

헌책방 주인이자 작가인 데쿠네 다쓰로 씨가 나오키상 (일본 작가 나오키 산주고를 기념하여 일본문학진흥회가 주관하여 대중문학 작가에게 시상하는 문학상. 대중소설 분야에서 가장 권위 있는 상이다 − 옮긴이)을 받은 일이 계기가 되어 당시에는 촬영이 금기시되었던 고서 경매시장에 방송 카메라가 들어가서 그 모습이 방영된 적이 있었습니다. 제가 가게를 시작하기로 마음먹기 조금 전의 일입니다.

그 프로그램에서 경매시장의 경매사를 담당하는, 얼마 전에 돌아가신 ≪호쇼겟칸≫의 편집장이면서 '일곱 색깔 문고 − 이상한 집'이라는 헌책방 주인이기도 한 다무라 하루요시 씨를 보았는데, 그 이상한 가게 이름과 분위기에 왠지 끌렸습니다.

서방, 서점, 서사, 문고, 고서 등등 헌책방에 어울릴 만한 일반적인 이름이 몇 가지 있었지만 우선 '무슨 무슨 문고'로 하자고 결정한 건 그때 TV에서 본 다무라 씨의 인상이 되살아나서입니다. 그리고 왠지 글자 모양이 마음에 들었던 벌레(蟲)라는 글자를 그 앞에 붙였습니다.

특별히 깊은 뜻은 없지만 그래도 제가 생각한 것보다 효과가 컸는지 대부분 금방 기억해줍니다. 지금은 제법 좋은 이름을 붙였다고 생각합니다.

책방의 마음과 등뼈인 문고본

『동네 헌책방 입문』. 지금처럼 인터넷이 보급되기 전, 지난 30년 동안에 개업한 헌책방 주인 가운데는 여러모로 시타 사부로(요코하마 '잇소도 이시다 서점'의 이시다 도모미 씨의 펜 네임. 이하 이시다 씨)가 쓴 이 책을 참고하신 분이 많으리라 생각합니다. 이른바 '요즘 헌책방'의 전형이라고 할 수 있는 가게를 운영하는 저도 실은 그 끝자락에 매달려 있습니다.

제가 지금도 신세를 많이 지고 있는 구라시키역 앞 '헌책방 도쿠라쿠칸' 주인인 모리카와 씨가 어느 날 갑자기 헌책방을 하겠다고 마음먹은 제게 "읽어 보라"며 추천한 책이 이 책이었습니다.

이 책에는 실제로 점포를 열기 위한 준비 과정과 마음가짐 같은 내용이 구체적이며 상세하게 쓰여 있습니다. 인터넷 전문 서점이 일반화된 오늘날과는 상황이 맞지 않는 점도 있지만, 책과 마주하는 일에 대한 '뜻'이나 '마음가짐'은 세월의 흐름과 상관없이 배울 점이 있어서 헌책방을 하는 저에게는 기댈 수 있는 기둥과도 같은 책입니다.

가게를 열고 한숨 돌리고 나서 개업 소식도 알릴 겸 이 책의 저자인 이시다 씨에게 편지를 보냈더니 곧 정중한 답장이 왔고, 그 이후로 지금까지 변함없이 좋은 관계를 이어오고 있습니다.

이시다 씨를 처음 뵌 날은 개점하고 아직 채 1년이 되지 않았을 무렵. 자기 차를 타고 여행하는 것을 좋아하는 이시다 씨가 부인, 그리고 지금은 세상을 떠난 반려견 분짱을 데리고 구라시키에 오셨을 때입니다.

그날 밤, 근처 헌책방 주인 몇몇이 모여 '환영 모임'을 열었습니다. 당시 저는 처음부터 끝까지 어깨너머로 배우면서 온갖 일에 전전긍긍하면서 가게를 꾸려나가는 처지였습니다. 산전수전 다 겪은 아저씨들이 모인 이날 모임에서 더군다나 완고하게 옛날식 서점 경영을 관철하고 계시는 『동네 헌책방 입문』의 저자 이시다 씨를 앞에 두고 도대체 무슨 대화를 나누었는지 지금은 전혀 생각이 나지 않습니다. 다만 이런저런 물건을 잘 만드시는 기품 있고 싹싹한 부인이 고서와는 별로 관계없는 화제를 일부러 꺼내서 제가 불편해하지 않도록 신경 써주셨다는 사실만은 잘 기억하고 있습니다.

그런 일이 있고난 뒤에 꽤 시간이 흘러 헌책방 가게 앞의 균일가 코너에서 진품을 잘 찾아내는 친구가 "잘 모르는 작가인데 왠지 신기해서 샀더니 미호 씨 같은 사람이 나와"라며 책을 한 권 보내주었습니다.

최근에 신문 기사에서 읽고 관심이 생겼던 고야마 기요시의 『이삭줍기: 눈의 숙소』라는 책이었습니다.

그 책의 표제작인 「이삭줍기」를 읽기 시작한 저는 무심결에 "아!" 하고 소리를 지르고 말았습니다.

이 소설은 작품이 잘 팔리지 않는 작가인 '나'와 로쿠인쇼보(綠陰書房)라는 작은 헌책방을 운영하는 소녀의 담담한 교류를 묘사한 단정하고 깊은 맛이 있는 작품입니다. 그런데 중간까지 읽어 나갔을 때 어떤 기억이 떠올랐습니다. 그건 전에 이시다 씨와의 모임에서 있었던 일입니다. 긴장과 부끄러움으로 고개를 숙이고 있었던 저에게 부인이,

"헌책방을 운영하는 소녀 이야기가 있는데 미호 씨를 보고 있으니까 그게 자꾸 생각나네"라고 말씀하신 일입니다.

그때 아마도 작가 이름이나 책 이름까지 정확히 말씀하셨겠지만, 그 당시 저는 사소설 작가라고는 츠게 요시하루에게 영향을 준 작가라는 이유로 가와사키 쵸타로의 이름만 겨우 알고 있는 정도. "고야마 기요시의 「이삭줍기」"라고

겸손하게 지나가는듯이 하신 그 말씀을 그냥 한쪽 귀로 듣고 한쪽 귀로 흘렸던 모양입니다.

그렇게 나는 지금까지 그 소설을 누가 쓴 어떤 소설인지 알아보려고도 하지 않고, 따뜻하게 말을 건네주신 부인의 인상과 겹쳐서 헌책방 주인 나부랭이인 제가 마음을 의지하는 소중한 이미지로만 가슴속에 간직하고 있었던 것입니다.

뜻밖의 계기로 읽기 시작한 「이삭줍기」는 부인의 말 그대로 '헌책방을 운영하는 소녀 이야기'였습니다.

그걸 안 순간 손이 떨리고 심장이 두근대서 글자를 따라가는 일조차 마음대로 되지 않았습니다. 그래서 고작 15페이지 정도 되는 단편소설을 다 읽는 데 보름 정도나 걸렸습니다.

그렇다고 스스로를 소설 속 소녀에게 덧씌우는 짓은 하지 않았지만, 부모뻘 되는 연배의 부부가 스무 살이 될까 말까 한 나이에 헌책방을 시작한 당시의 저를 보고 무의식중에 왜 이 이야기를 떠올렸을까 하는 점은 이해할 수 있었습니다.

작품 속에서 등장하는 작가인 '저'에게 "혼자 시작할 생각을 하다니 훌륭하군"이라는 말을 들은 소녀는 아무렇지 않게 "제가 제멋대로라서 회사 생활이 안 맞아요"라고 대답합니다.

그 소녀가 한 이 말, 저도 지금까지 얼마나 이 말을 많이 했는지 모릅니다. 뭐랄까. 그 말 말고는 달리 할 말이 없었으니까요.

어쨌든 저는 '돌고 돌아서 마침내 이 소설을 읽게 되었구나' 하는 감회에 빠지면서 앞으로도 어떻게든 이대로 헌책방을 계속해 갈 수 있기를 마음속으로 빌었습니다.

이제까지 '될 수 있는 한 이시다 씨에게 부끄럽지 않게'라고 생각하면서 일해온 저에게 등뼈 구실을 해준 책이 『동네 헌책방 입문』이라고 한다면 소설 「이삭 줍기」는 형태로 표현할 수 없는 제 '마음'이라고 할 수 있을까요.

그리고 보니 계산대에 놓여 있는 이 두 권의 문고본은 마치 이시다 씨 부부 같습니다.

마스코트 고양이

헌책방을 시작하면서 가졌던 구체적인 비전은 단 하나.
'고양이를 키운다'는 것이었습니다.

어릴 때부터 고양이를 좋아했지만, 아버지가 고양이를
싫어해서 키울 수가 없었던 까닭에 언젠가 자유롭게 지낼
수 있는 장소를 갖게 되는 날이 오면 반드시 고양이를 키우
겠다고 마음먹고 있었습니다.

중학생이나 고등학생이 '언젠가 혼자 살게 되면 이렇게
저렇게 방을 꾸며야지' 하고 생각하는 것처럼 정작 중요한
일은 제쳐 놓고 꾸는 꿈과 같은 바람입니다.

마침 친구에게서 "새끼 고양이가 태어났는데 데려가지 않
을래?" 하는 전화가 걸려 와서 두말하지 않고 데려왔습니다.

그 고양이가 지금은 가게 지킴이를 은퇴하고 집에서 느
긋하게 은퇴 생활을 보내고 있는 첫 번째 마스코트 고양이

나도 씨입니다.

검은 줄 호랑이 무늬에 뚱뚱하고 작달막한 체형, 동그란 얼굴. 겉보기에는 아주 평범한 분위기의 암고양이인데, 성격은 제법 고상하고 까다로워서 고양이답다면 고양이다운 타입. 타고난 사냥꾼 기질 덕분에 쥐잡이로도 꽤 도움이 되었습니다.

원래 주인에게도 쌀쌀맞고, 쓰다듬어 주는 것도 별로 좋아하지 않지만, 사람 옆에 있는 것은 좋아해서 잠잘 때나 일어날 때, 털을 핥을 때도 항상 눈에 띄는 곳에 있습니다. 때때로 저와 힐끗 눈을 마주치고는 다시 무심코 서로 하고 있던 일로 돌아갑니다.

그런데 한번은 제가 여러 가지 불행한 일이 겹치고 자리에서 일어날 기력도 없어서 가게의 재고 두는 곳에 쓰러진 적이 있었습니다. 8월의 축 늘어지는 더위를 무릅쓰고 나도 씨는 제 곁에 와서 팔을 핥고 바짝 옆에 붙어서 누워 있었습니다. 결국 둘 다 땀투성이가 되었지만.

그러고 보니 집과 가게 사이를 자전거로 통근하던 시기에는 항상 나도 씨를 어깨에 태우고 달렸습니다. 바구니보다 제 어깨가 편하고 좋은지 나도 씨는 항상 어깨에 타고 싶어 합니다. 어쩔 수 없었다고는 해도, 그 모습을 본 주위 사람들이 저를 '고양이 여자'라고 불렀을지도 모른다는 생각에 지금도 식은땀이 납니다.

그렇게 아플 때나 건강할 때나 항상 곁에 있는 '조강지묘' 나도 씨.

정확히 벌레문고와 같은 나이. 헌책방에게 17살은 아직 젊은 나이이지만 고양이에게 17살은 이미 장수했다는 말을 들을 수 있는 나이입니다.

앞으로 나도 씨와 얼마나 같이 있을 수 있을까 아쉬워하면서 지내는 나날입니다.

3부

고객님 안 오시네

아버지가 남긴 선물

벌레문고 영업시간은 오전 11시쯤부터 오후 7시쯤까지. 해가 긴 여름철에는 조금 더 늦게까지 열어 놓기도 하지만, 관광지 변두리여서 5시가 넘으면 길가에 걸어 다니는 사람들이 별로 없습니다.

7시쯤에 가게 문을 닫고 영업 중에는 할 수 없었던 사무 처리나 책장 정리 등을 한동안 합니다. 아무한테도 방해받지 않고 일에 집중할 수 있는 이 시간은 하루 중에 제가 가장 좋아하는 시간입니다. 이런 시간을 나만의 시간으로 쓸 수 있게 된 건 비교적 최근 일입니다. 책장에 진열할 책도 별로 없이 시작한 헌책방. 처음에는 책만 팔아서는 가게를 운영하기 어려웠습니다.

역 안에 자리한 커피 체인점, 빵집 주방, 편의점, 우체국 내근 업무 등 가게 영업시간과 겹치지 않는 이른 아침이나

밤중에 한 아르바이트는 열 손가락으로 다 셀 수 없을 정도입니다.

근무시간으로 치면 겨우 서너 시간이지만, 그래도 새벽 5시 출근이면 늦어도 새벽 4시에는 일어나야 합니다. 당연히 전날 밤 잠자리에 드는 시간도 빨라지고 매일매일 '빨리 자야지, 빨리 자야 해……' 하는 마치 쫓기는 듯한 삶입니다. 그리고 휴일 다음 날의 우울함.

'내 가게를 하는데 직장인 스트레스까지 짊어지고 도대체 나는 뭘 하는 걸까?'라고 생각하면서도, 아무리 적은 금액이지만 그래도 매달 정기적인 수입이 있다는 점에 무엇과도 바꿀 수 없는 안도감을 느낍니다. 이렇게 밀고 당기면서 10년이라는 시간이 흘렀습니다.

그중 가장 오래 한 일이 우체국 야간 업무였습니다. 제가 그곳에서 일하기 시작했을 무렵에는 아직 우체국 민영화 논의가 있기 전이어서 정말로 느긋한 분위기였지요. 낮 동안 나름 상점 주인으로 일하는 저에게는, 밤에 구분대라는 선반 앞에 서서 우편물을 지방별로 분류하는 일은 정신적인 균형을 잡기에도 좋았습니다. 원래 편지를 쓰거나 지도를 보는 것을 좋아하는 편이기에 일을 배우는 것도 전혀 힘들지 않았습니다. 지금도 제 머릿속에는 각 지역의 우편번호 첫 두 자리 숫자가 들어 있습니다.

그러나 제가 일한 6년 사이에 그 총리가 새로 취임하고 이것저것 아무렇게나 개혁하거나 해서 우체국 사정도 크게 바뀌었습니다. 작업 내용도 어지러울 정도로 변하고 어정쩡한 베테랑으로서 갖는 정신적 부담도 커져서, 결국에는 정작 제 가게 일은 뒤로 제쳐 놓게 되었습니다. 혹 불면 날아갈 것 같은 헌책방 일보다도 우편물을 보다 확실하고 신속하게 고객에게 전달하는 일이 가지는 사회적 책임이 더 중대하다고 생각했기 때문입니다.

앞뒤가 뒤바뀌었다는 걸 알면서도 어떻게든 가게 유지비 정도는 마련하고 싶었기에 악순환을 거듭했습니다.

마침 그때, 미술 작가인 나가이 히로시 씨가 주관하고 있던 《선라이트 랩》이라는 작은 잡지에 「이끼 관찰 일상」이라는 이끼에 관한 글을 쓴 일이 계기가 되어 《쿠넬》과 《브루터스》라는 잡지에서 저를 취재하러 왔습니다. 헌책방 주인으로서가 아니라 '이끼를 좋아하는 약간 특이한 여성 점주'라는 관점으로 저를 취재했습니다. 막상 저 자신도 도대체 무엇이 관심을 끌었는지도 잘 모르는 채 기사가 실렸는데, 그 덕분에 놀랄 정도로 많은 분이 '구라시키에 이상한 헌책방이 있다'고 알게 되었습니다. 이 일은 제가 지금까지 이렇게 가게를 계속할 수 있었던 하나의 동인이 되었습니다.

가게를 열고 딱 10년째 되는 가을, 우체국을 그만두었습니다. 아버지의 병환 때문이었습니다. 아버지 몸 상태가 안 좋아져서 병원에 모시고 가 보니 "앞으로 일주일, 길어야 3개월입니다"라는 충격적인 여명 선고. 그날부터 아르바이트는 물론 가게도 장기 휴업을 하고 병원에서 살기 시작했습니다. 아버지는 의사의 예견대로 그로부터 3개월이 안 되어서 돌아가셨습니다. 간병할 기력과 체력도 이미 한계에 다다랐을 때였습니다. 사람의 목숨에는 의지할 곳이 필요하다는 사실을 이때 절감했습니다.

장례식을 마치고 가게도 어쨌든 다시 열었지만 아르바이트까지 다시 할 기력은 없었습니다. 달리 방도가 있는 것도 아니고 당분간은 가게만 지키는 느긋한 생활을 하기로 했습니다.

이제까지 아르바이트에 빼앗겼던 에너지를 모두 가게로 쏟으니 매일매일 하는 책장 정리, 창문 닦기 같은 일들 하나하나가 얼마나 즐거운지. 지난 10년 동안 제가 꿈에 그리던 생활이었습니다.

헌책방 책장은 손이 닿으면 닿을수록 좋아진다고 하는데, 바로 그 말대로 조금씩이지만 가게의 책들이 팔리게 되었습니다. 그리되니까 더욱 여러 가지로 공부하고 아이디어를 내고 싶다는 욕구도 자연스레 커지게 되고, 그때까지는 저의 무능함을 들추어내는 것 같아서 멀리해왔던 '고서의 책(헌책방 주인이나 고서를 좋아하는 사람들이 쓴 책들)'도 적극적으로 읽게 되었습니다. 그때까지의 괜한 편협함이 빠져나가고 처음부터 다시 시작한다는 기분으로 책을 읽으니 모든 책이 다 재미있고 또 공부가 되었습니다. 그리고 나도 모르는 사이에 헌책방을 둘러싼 환경도 많이 변해서 인터넷 전문 서점이 많이 생겼고, 젊은 주인들도 늘어났고, 또 오랫동안 미안한 마음을 느끼고 있었던 고서점상 조합에 가입하지 않은 일도 별로 대단하게 생각할 만한 일은 아니라는 걸 알았습니다.

도시에서는 으레 당연한 것도 그 흐름이 지방에 오기까지는 조금 시간이 걸립니다. 어쨌든 저는 꽤 기분이 편해졌습니다.

그렇게 해서 겨우 '이건 이것대로 좋다'는 깨달음이 생겨서 그 뒤로는 생각나는 대로, 하고 싶은 대로. 고서와는 아무 관계도 없는 '이끼 봉지'라는 이끼 관찰 세트를 만들거나 좁은 가게 안의 책장을 치우고 라이브 공연을 진행하거나 전시회를 열기도 했습니다. 아무튼 이곳에서 할 수 있는 일은 무엇이든 해보았습니다. 고향 친구나 지인들은 "이런 작은 동네에서 몇십 년이나 살면서 자기 하고 싶은 일을 제멋대로 잘도 하네"라면서 기막혀할 정도입니다. 그러나 이것은 구라시키라는 동네가 품은 어딘가 담백하고 자유로운 분위기 덕택이라고도 생각합니다.

솔직히 말하면 경제 사정은 이전과 별로 달라지지 않았습니다. 그래도 아르바이트를 해야만 겨우겨우 버틸 수 있었던 형편이 가게 매출만으로 어찌어찌 버틸 정도는 되었으니 그야말로 획기적인 발전이라고 할 수 있습니다.

이 원고를 쓰고 있는 지금은 밤 9시를 지난 시간. 이전 같았으면 아마 우체국에서 뛰어다니고 있을 시간입니다. 이런 시간에 이렇게 스스로 지난날을 되돌아보면서 글을 쓸 수 있다는 것만 해도 얼마나 행복한 일인지 모릅니다.

아버지의 죽음은 무엇과도 비교할 수 없는 큰 아픔이었지만, 한편으로는 제게 전환점이 되었습니다. 그런 일이 없었으면 지금쯤 아르바이트의 고단함을 이기지 못하고 벌레문고를 닫아버렸을지도 모릅니다.

병상에서 "아무것도 남겨 주지 못해 미안하다"고 지겨울 정도로 똑같은 말만 되풀이하던 아버지가 남겨주신 선물이라고 생각합니다.

미르 씨

가게를 시작하고 3년 정도 된 어느 날 생긴 일. 평소대로 가게를 지키고 있는데 뒤쪽에서 새끼 고양이 울음소리가 들렸습니다. 당시 옆집은 이 지역에 점포를 여러 개 거느리고 있는 카레 식당의 소스 공장이어서, '아마도 그 공장 사람들이 어딘가에서 주워 왔나 보다' 하고 생각했습니다.

그런데 밤늦게 사람들 기척이 사라지니 그 울음소리가 다시 들립니다. 아무래도 신경이 쓰여서 뒤로 돌아가 보니 소리는 들리는데 모습은 보이지 않고.

'이봐'라든가 '야옹'이라고 말을 건다고 어슬렁어슬렁 기어 나올 새끼 고양이는 아마 없겠지만, 그래도 해보았습니다. 역시 나오지 않아서 할 수 없이 그날은 그대로 퇴근했습니다.

그리고 다음 날. 여전히 들리는 울음소리를 신경 쓰면서 가게 안쪽에 있는 화장실에 들어갔는데, 아니 그 울음소리가 상당히 가깝게 들리는 겁니다.

그 건물은 네 채가 이어져 있는 연립 가옥이었는데 건물과 건물 사이에 좁은 틈이 있었나 봅니다. 아마도 그 새끼 고양이는 어떤 사정인지는 모르지만 지붕 밑에서 빈틈으로 떨어져서 빠져나올 수 없게 된 모양입니다.

사방이 막힌 곳이기에 수직 벽을 기어오르는 수밖에 방법이 없는데, 새끼 고양이의 약한 다리 힘으로는 아마도 무리. 자기 힘으로 안 되니까 "엄마~" 하고 울고 있는 겁니다. 이대로 놔두면 힘이 빠지고 지쳐서 죽고 맙니다.

이거 참 큰일 났네요. 어떻게 하지. '으응……' 하고 생각한 끝에, 다른 수가 없어서 잡다한 판자를 이어 붙인 화장실 벽(전쟁 직후 물자가 귀하던 시절에 지은 건물이라서 엉터리로 지어졌습니다) 한쪽을 힘껏 밀어 보았습니다. 그냥 쉽게 빠졌습니다. 아마 이 화장실 벽은 얇은 널빤지를 이어 붙인 모양입니다.

약간 허탈했지만 어쨌든 길은 열렸습니다.

그렇지만 역시 '이봐'라든가 '야옹'이라고 해봤자 온종일 어미를 찾아서 울고 있던 새끼 고양이가 쉽게 나올 리가 없다고 생각해서 이번에는 소리 내어 부르지는 않았습니다.

일단 밤이 되기를 기다렸다가 주위가 캄캄해지고 나서 화장실에 불을 켜고 잠시 그쪽을 보고 있었더니 예상대로 빛이 들어 오는 쪽으로 얼굴을 내밀길래 '꽉' 하고 곧바로 포획.

갑자기 얼굴을 잡힌 새끼 고양이는 잠시 공포로 얼어붙었지만 의외로 배짱 좋고 건강하길래 별다른 조치 없이 그대로 나도 씨 곁에 두었더니 나도 씨도 흔쾌히 받아들여 주었습니다. 그날부터 나도 씨가 부지런히 돌본 그 고양이는 이제 훌륭하게 자라서 지금도 옆에서 신나게 장난을 치고 있습니다.

올해 16살이 된 우리 가게 넘버 투 고양이 미르 씨입니다.

이사의 신

가게를 시작하기 전, 부동산 중개소에 부탁해서 가게를 알아보는 일과 병행해서 저 혼자서 사람이 살지 않는 빈집도 알아보고 다녔습니다.

'야아, 이 집 좋은데', '이런 곳에서 헌책방을 할 수 있다면 얼마나 좋을까?' 하는 생각이 드는 물건도 여러 채 있었지만, 조건이 안 맞거나 주인이 세를 놓을 생각이 없거나 그냥 임대 주기를 꺼리거나 하는 등등 여러 가지 이유로 계약하지 못했습니다.

개업하고 6년 정도 지난 어느 날, 산책 겸 미관지구 뒷길을 걷고 있었더니 제가 아는 사람이 경영하던 아시아 옷과 잡화를 파는 가게에서 폐점 세일을 하고 있었습니다.

사실은 이 물건, 제가 6년 전에 '참 좋구나' 하고 생각했던 집 가운데 하나였습니다. 그런데 그로부터 몇 년 후에 보니까 어느새 인테리어를 새로 해서 그 가게가 들어선 겁니다. 그때, 분하다는 생각이 들었던 기억이 납니다.

안으로 들어가서 헌책방에 어울릴 만한 포렴을 찾으면서 가게 주인인 N 씨에게 "여기, 다음에 들어올 사람 정해졌나요?"라고 물어보았습니다. "아니, 아직은 아무도"라는 대답.

그 말을 듣자마자 제 몸에 이사의 신이 내려와 씌운 것 같았습니다.

그 자리에서 바로 월세를 물어보고, 건물을 관리하는 부동산에 전화를 해달라고 부탁해서 "바로, 제가 들어갑니다"라고 선언.

그로부터 열흘 정도 지나 정식으로 임대하게 되어서 곧 원래 가게를 해약하는 절차를 마치고 3개월 후에 지금 여기 혼마치의 가게로 옮겨 왔습니다.

2000년 8월에 있었던 일입니다.

그리고 그때 그 가게에서 산 포렴은 운명의 장난처럼 그 가게 처마 끝에 다시 걸리게 되었습니다.

헌책방의 모습

앞서 「가와니시 마을의 연립 가옥」이라는 글에서 오픈 당시의 가게 외관 사진을 보여드렸습니다.

엉성한 알루미늄 새시에 철망이 달린 이상하리만큼 튼튼한 유리 창문. 여주인이 경영하고 있다는 사실을 보여주는 화사함은 전혀 없습니다.

거기까지 신경 쓸 여유가 없기도 했지만, 투박한 그 분위기가 원래 제가 그리고 있던 헌책방의 모습에 딱 맞아서 처음부터 별로 신경 쓰지 않았습니다.

제가 그리던 헌책방의 모습은 예를 들면 어딘가 동네 역 앞에 옛날부터 있었고 무뚝뚝한 아저씨가 앉아 있는, 멋없고 퉁명스럽고 약간 딱딱한 책이 있는 가게입니다.

그런데 직전에는 사무실로 쓰였던 이 공간이 그전에는 성인용품 가게, 또 그전에는 도장 가게였다는 사실을 가게를 하면서 알게 되었습니다.

겉모습을 거의 손대지 않은 탓도 있겠지만 때로 "어? 여기 전에는……" 하면서 잘못 들어오시는 분도 있고, 특히 성인용품을 찾는 손님이 들어오시면 서로 어쩔 줄 몰라 하기도 하고.

그러다가 '조금 더 내 가게다운 분위기로 만들어 봐야겠다'는 생각이 들어 친구들의 손을 빌려서 조금씩 조금씩 가게를 고쳐 나가니 새 건물로 이전하기 직전이었던 개업 6년째가 되자, 어느 정도 화사한 분위기가 되었습니다.

그러나 오래된 손님 가운데는 "처음 그 분위기도 나름대로 좋았었는데"라고 하시는 분도 있습니다. 실은 저도 그렇습니다.

청춘의 고타쓰 생활

어느 겨울, 몇 년 만에 가게에 들른 손님이 놀리는 듯한 말투로 "어. 이젠 고타쓰(좌식 탁자 밑에 난방용 전열 장치를 달고 이불로 덮은 탁자형 난방 기구. 탁자 밑으로 발을 넣고 이불을 덮고 앉아 있는 자세를 취하게 된다 – 옮긴이) 치웠구나"하고 말했습니다.

가게를 시작하고 10년 동안 겨울철 난방 기구라고는 계산대의 가정용 고타쓰 하나뿐이었습니다. 물론 난방비를 아껴야 하니까요. 사람은 하반신과 목 주위만 따뜻하게 하면 꽤 강한 추위도 견딜 수 있습니다.

그러나 고타쓰 생활의 최대 문제점은 '움직이고 싶은 마음이 사라진다는 점'. 가뜩이나 "요통을 겪어야 겨우 한 사람 몫을 하게 된다"는 말을 듣는 헌책방 업무인데 고타쓰에 앉아 있는 자세는 몸에 너무 부담을 줘서 서른 무렵부터는 점점 요동이 심해졌습니다.

어떤 친구가 "그렇군, 너는 빛나는 20대를 고타쓰에서 보냈다는 거네" 하며 어이없어하기도 했는데, 그래도 그 당시 '고타쓰에 앉아서 할 수 있는 즐거운 일'의 하나로 시작한 현미경으로 이끼 관찰하기는 그 후에 어쩌다 이 가게의 '특색'이 되어 버렸습니다. 몇 년 전에 간행된 『이끼와 걷다』라는 책은 이러한 맥락에서 탄생할 수 있었습니다.

아직 망하지 않았습니다

"어? 여기 벌레문고가 있었네! 벌써 망한 줄 알았는데."

가게를 지키고 있으면 밖에서 이런 말소리가 들릴 때가 있습니다.

어느 날 갑자기 마음먹고 가게를 시작한 것처럼, 지금 장소로 이전한 것도 어느 날 갑자기 일어난 일이었습니다.

어느 날 우연히 산책하다가 어릴 적부터 잘 알고 있던 건물이 임대로 나와 있는 걸 보고 '무슨 일이 있어도 벌레문고를 여기로 옮긴다'는 생각으로 모든 어려움을 뛰어넘고 가게를 옮겨 왔습니다.

저 자신도 예상하지 못했던 이사 소동. 가장 고민되는 일이 손님들에게 가게 이전 소식을 알리는 일이었습니다.

이건 헌책방에만 해당하는 일은 아닙니다만, 제가 이름이나 연락처를 파악하고 있는 손님은 생각보다 적습니다.

얼굴을 마주하고 세상일로 이야기꽃을 피우는 단골이라도 실은 서로 이름조차 모르는 경우가 많습니다.

동네 헌책방은 마음 내킬 때 잠시 들르거나 근처에 일 보러 나왔다가 겸사겸사해서 들르는 법이 많은 곳입니다. 기존의 점포에서 새 점포로 옮길 때까지 주어진 2개월이 채 안 되는 사이에 타이밍 좋게 찾아오신 분들은 얼마 되지 않습니다. 결국 이전 소식을 제대로 알리지 못한 분들이 훨씬 더 많았습니다.

그런 까닭에 가게를 옮긴 지 꽤 시간이 흐른 지금까지도 "벌레문고 망한 줄 알았는데 여기 있었네!" 하는 얘기가 문 밖에서 들려오는 겁니다.

오사카에 사는 O 씨라는 남성분도 가게 이전 소식을 알리지 못한 사람 중에 한 분입니다. 가게를 시작한 지 얼마 안 되었을 때부터 오봉 명절(양력 8월 15일에 조상의 영을 기리는 일본의 명절. 원래 음력 7월 15일이지만, 음력 폐지 이후에는 농번기를 피하여 양력 8월 15일 전후로 기념한다. 불교 행사와 토속종교가 결합하여 생김 – 옮긴이)이나 설날에는 반드시 찾아주시는 분입니다.

저는 사람 얼굴을 잘 기억하지 못하는 편이지만 O 씨는 생김새와 체격에 약간 특징이 있는 데다가 항상 가게 구석 눈에 안 띄는 곳에 있는 CD·레코드 코너에서 제가 월세 내기가 어려워서 울고 싶은 심정으로 내놓은 물건만 사가서서 어느새 어찌어찌 서로 이야기를 나누는 사이가 되었습니다.

처음에는 오사카에 살고 있는 오카야마 출신이겠지 정도로만 생각하고 있었는데, 몇 번 겪다 보니 이 O 씨, 오카야마 출신이 몇 년 만에 익힌 수준이 아닌 완벽한 오사카 토박이 말투입니다.

저는 부모님 모두 오사카가 있는 간사이 지역 출신이고 철들기 전부터 오사카 지역 민영 방송인 MBS 마이니치 라디오를 듣고 자랐기 때문에 오사카 사투리를 알아듣는 데는 자신이 있습니다. '어, 이상한데?' 해서 어느 날 여쭈어보니 제가 생각한 대로 O 씨는 오사카에서 태어나고 자란 분. 부인의 친정이 구라시키라서 "명절 귀향길에 따라왔는데 잘 모르는 지역이고 달리 갈 곳도 없어서" 유일하게 들르게 된 곳이 산책하다가 우연히 발견한 벌레문고였다는 것이었습니다.

책에 대해서 거의 모르는 채로 어깨너머로 배우면서 시작한 헌책방. 부끄러울 정도로 모르는 게 많아서 고객과 눈을 마주치는 일조차 두려웠을 무렵에 하게 된 이사 결심.

4월 초순에 이사하기로 마음을 먹고 그해 여름에 가게를 옮겼습니다. 가게를 옮기자마자 옛 가게 자리에 새로운 세입자가 들어와서 오봉 명절 무렵에는 벌써 새로운 가게로 바꾸는 인테리어 공사에 들어갔습니다. O 씨에 대해서는, 오사카에 사시고 부인 친정이 구라시키라는 것 말고는 아무것도 모릅니다. 같은 시내라고는 하지만 옛 가게는 역에서 서쪽으로 걸어서 5분 거리. 새 가게는 완전히 다른 방향으로 20분 정도 걸어야 합니다.

관광을 즐기지도 않고 길눈도 어두운 O 씨가 새 가게 앞으로 우연히 지나갈 가능성은 전혀 없었습니다.

'가게가 없어진 걸 알고 나서 어떻게 생각하셨을까?' 생각하니 안타까워서 견딜 수가 없었습니다.

그렇게 무더위 속에 힘들게 이사를 마쳤던 2000년 8월 초순, 현재의 혼마치로 가게를 옮겨서 오픈하고는 아직 익숙하지 않은 계산대에 앉아서 새 가게를 구경하러 온 친구와 지인, 단골들을 맞이하느라 정신없었던 오봉 명절 연휴에 생긴 일입니다.

슬슬 해가 저물 무렵에 밖에서,

"아이고, 있데이, 있네, 참말로" 하는 오사카 사투리가 들렸습니다. 보니까, 어머, 어디선가 본 적이 있는 얼굴이.

새 가게를 찾아올 수 있으리라고는 생각지도 못했던 그 O 씨가 부인과 같이 오신 겁니다. 한동안 말문이 막혀 아무 말도 못 하던 저를 보고 O 씨도 "장소가, 바뀌었네요……" 라고 겨우 말을 건네는 형국.

"아까 이 사람이 헌책방이 없어졌다면서 울상이 되어서 돌아왔지 뭐예요. 그러다 최근에 여기 혼마치 근처 가게들이 바뀌었다는 소식을 고향 친구한테 들은 게 생각나서 혹시나 하고 와 보았는데, 벌레문고가 정말로 여기 있었네요……"라고 말하는, 이때 처음 뵌 사모님.

그러고 보니 그해에는 지금 벌레문고 옆에서 20년도 넘게 영업하던 유명한 카레 가게가 문을 닫기도 하고, 빈 가게였던 곳에 카페나 메밀국숫집이 생기기도 하는 등 여러 가지 일이 연달아 일어났습니다.

아무리 그래도 뛰어난 육감. 그저 깜짝 놀랄 뿐입니다.

허둥대면서 "저, 죄송하지만 주소와 성함 써주세요"라며 종이와 연필을 건네드렸던 일이 생각납니다.

그렇게 해서 기적적으로 그해 오봉 명절에도 O 씨는 여느 때와 마찬가지로 가게를 찾아와 주셨습니다.

서로 무사하다는 안부를 확인하고 차를 마시면서 한바탕 담소를 나누고 나서 O 씨는 약속이라도 한 것처럼 "그럼 설날에 다시 보입시데이" 하고 돌아갔습니다. 그 말을 되씹어 보니 '아, 그런 거구나, 나는 이런 손님들의 말씀 한마디 한마디에 힘입어서 지금까지 견뎌올 수 있었구나' 하는 생각이 들었습니다.

가게를 시작했을 때는 설마 이렇게 오래 하게 될 줄은 생각지도 않았습니다.

앞으로의 일에 대해서도 물론 아무런 전망도 없습니다. 그래도 '다음 설날까지, 오봉 명절까지'라고 생각하면 어떻게든 해나갈 수 있을 것 같은 느낌이 듭니다.

"벌써 망한 줄 알았어"라는 말도 아직 가게를 계속하고 있으니까 들을 수 있는 말. 나쁜 느낌은 안 듭니다.

우리 집 책값

"사장님이 지금 외출 중이라서요."

종이봉투나 골판지 상자를 품에 안고서 책을 팔려는 손님이 입구에 나타나면 나도 모르게 이런 거짓말을 하고 도망가고 싶을 만큼 긴장했었습니다.

헌책방은 책을 파는 일도 중요하지만 책을 사는 일은 더 중요합니다. 신간 서점과 달리 따로 도매상이 있는 것도 아니고, 책은 손님에게 사들이거나 고서조합('전국고서적상조합연합회'라는 이름을 내걸고 1947년에 만들어진 전국 헌책방들의 통합 조직. 산하에 있는 전국 각지의 고서조합에서 교환 모임을 연다) 시장에서 사오는 방법이 전부. 더군다나 벌레문고는 조합 미가입 서점이기에 책을 가져오는 손님만이 의지할 수 있는 유일한 매입처입니다.

지금은 누구든 인터넷으로 잠깐만 검색하면 세상에 어떤

책이 얼마에 팔리는지 알아볼 수 있습니다. 그러나 제가 처음 헌책방을 시작할 당시만 하더라도 아직 인터넷이라는 말조차도 잘 알려지지 않았을 무렵이어서 평범한 사람들이 고서에 관한 정보를 얻을 방법은 거의 없다고 할 수 있는 상태였습니다.

이런 상황에서 세상에 어떤 고서가 있고 가격이 어떻게 매겨져 있는지 알 방법은 당시에 다달이 읽고 있던 《호쇼겟칸》과 가까운 동업자 선배가 보여주는 고서 정보지 과월호의 목록뿐.

가게 앞에 '책을 팔아주세요' 또는 '성실 매입' 같은 문구를 써 붙여 놓기는 했지만 실제로는 무엇을 얼마에 사면 좋을지 전혀 감이 없는 상태. 매입 가격이 불만인 손님이 "누굴 바보로 아나! 어디서 아마추어 주제에"라고 화를 낸 적도 한두 번이 아닙니다.

그러나 고서 가격은 기본적으로는 점주의 독단과 편견이 결정하는 게 이 세계. 같은 책이라도 가게 위치나 가게를 찾는 손님의 성향에 따라 판매 추이가 많이 달라지기 때문에 자기 가게에서 팔릴지 안 팔릴지 판단하는 것이 가장 중요한 포인트입니다.

때때로 고객이 가게에 진열된 책을 가리키면서 "이거, 저번에 인터넷에서 보니까 더 비싸게 팔고 있던데"라며 알려주는 경우도 있습니다. 그러나 그 비싼 가격이 자기 가게에서 통할지 어떨지는 또 다른 문제입니다. 그리고 반대로 이른바 '시세'보다 조금 비싸도 금방 팔리는 책도 얼마든지 있습니다.

결국, 눈앞에 놓인 책에 얼마를 붙여서 사고팔지 정하는 것은 어디까지나 그 가게의 개성이고 자기주장이겠죠. 그렇게 생각하게 되고부터는 제 담도 제법 세졌습니다. '우리 집 책값'으로도 괜찮은 겁니다.

수영복의 절반

"어여, 500엔, 수영복 판 돈 절반."

이렇게 말하면서 선배 업자인 모리카와 씨가 와서 계산대에 딸깍하고 500엔 동전을 놓습니다. 표준말로 하면 "여기 500엔이요"쯤 될까요.

사들인 책 가운데 때때로 섞여 있는 수영복 사진집이나 누드 사진집. 벌레문고에서는 취급하지 않는 책이라서 조금 모이면 모리카와 씨에게 넘깁니다. 그리고 언젠가 그 책들이 팔리면 모리카와 씨는 제게 책값의 반을 주십니다.

지금 헌책방을 시작하려는 젊은 사람 가운데 성인 도서, 이른바 에로물을 취급할지 말지 고민하는 사람은 거의 없으리라고 생각합니다. 그러나 당시에 저는 이 문제를 두고 심각하게 고민했습니다.

아무리 뜻을 높게 내세운 가게라도 동네 장사하는 헌책

방에서 경제적인 면을 메꿔 주는 상품은 에로물. 이 수입 없이는 갖추어 놓고 싶은 책도 갖추어 놓기 어려운 실정이라 에로물을 취급할까 말까 고민을 많이 했습니다.

모리카와 씨가 "그렇지. 여자 혼자니까. 안 들여놓는 게 좋을 것 같아"라고 말했을 때 저도 같은 생각을 하고 있었기에 벌레문고에서는 에로물을 처음부터 취급하지 않기로 했습니다. 지금이야 웃으면서 얘기할 수 있지만 그 당시에는 매우 큰 결단이었습니다.

모리카와 씨 가게도 그쪽 방면의 상품 구성은 소프트한 편인데 "그래도 어쩌다 들어오는 수위 센 놈을 진열해두면 왜 그런지는 모르지만 꼭 그런 걸 찾는 손님이 오는 거야. 거참 이상하지"라는 겁니다. 꼭 에로물이 아니더라도 이런 일은 자주 있는 일이고, 헌책방의 7대 불가사의 가운데 하나입니다. 점주가 태어나서 처음 접하는 분야의 책을 매입하고 진열했더니 지나가던 사람이 들어와서 덤벼들 듯 사가는 경우도 있습니다.

'그때 안 하길 잘했다' 하고 지금도 가슴을 쓸어내리고 있습니다.

벌레 기념품과 벌레 행사

이끼와 거북이를 좋아하고, 이상하고 마니악한 CD만 팔고, 때때로 가게 안에서 라이브 공연이나 전시회를 하는 헌책방. 기념품으로 오리지널 토트백과 양치류 인형, 이끼 관찰 키트, 이끼 봉투는 어떠세요?

이렇게 책과는 동떨어진 것들만 특징이 되어버린 나의 벌레문고. 생각해보면 멀리까지 온 셈입니다.

처음에는 팔 책이 별로 없어서 고육책으로 책 아닌 다른 것을 진열하게 되었습니다.

가장 먼저 과자. 카스텔라 꼬치, 흑사탕 과자, 솜사탕, 벚꽃 떡, 막대 과자……. 이것들 값이 다 하나에 10엔 또는 30엔 정도여서 그 정도는 가까스로 사들일 수 있었습니다. 그러나 이런 물건들은 부피가 있고 색도 밝아서 적적한 가게를 장식하는 데는 큰 도움이 되었지만 월세 내는 데까지 보탬이 되기를 바랄 수는 없었습니다.

다음으로 생각한 것이 수제 토트백.

제가 손재주는 비교적 좋은 편이어서 무언가를 만드는 일은 쉽게 시작할 수 있었습니다. 우선 집안을 뒤져서 적당한 천을 골라 주머니를 만들고, 이왕이면 벌레문고 로고도 넣는 편이 좋겠다고 생각해서 잡화점에서 산 고무판을 파서 스탬프도 만들었습니다. 그 스탬프에 내수성 물감을 칠해서 제가 만든 주머니에 찰싹 찍으면. 오리지널 토트백이 완성됩니다.

한가하게 가게를 보면서도 한편으로는 이런 식으로 여러 가지 물건을 만들어서 늘어놓아 보았습니다. 제법 팔린 것도 있지만 전혀 쓸모없는 것도 있었습니다. 그래도 전체적으로 보면 없는 것보다 있는 게 훨씬 더 나아서 그렇게 놓아두니 한결 좋습니다.

지금은 아주 가끔이긴 하지만 '벌레 기념품'이라고 부르는 이런저런 물건들의 매출이 정작 책 매출보다 더 좋을 때도 있습니다.

그러다 주위에 나보다 더 뭔가 만드는 걸 좋아하는 친구와 지인들이 많아서 그들의 작품을 받아 가게에 진열해오다가 '전시회 같은 거 한번 해보면 어떨까?' 하는 쪽으로도 점점 생각이 흐르게 되었습니다.

장서표, 미니어처 북, 그림, 판화, 입체 작품, 수건 등등. 일반적인 갤러리를 빌려서 전시하기에는 작품 크기가 너무 작거나 작품 수가 적어서 어려움이 있는 작가들에게 벌레문고 전시회는 좋은 평을 받았습니다.

손님 중에서는 관광을 하다가 어쩌다 저희 가게에 전시를 보러 들어와서는 '뭐야, 책방이잖아' 하고 처음엔 실망하면서 대충 둘러보시다가 문득 그럴듯한 작품들을 발견하고는 생각지도 않게 오래 머무르게 되었다는 경우도 적지 않습니다.

실제로 작품을 사시는 분들의 반 정도는 지나가다 우연히 들어오신 관광객들입니다. 관광객들의 작품 구매가 많은 것은 오하라 미술관이나 민예관이 자리한 구라시키라는 지역 특색 덕분일지도 모릅니다.

그리고 가게 안에서 하는 라이브 공연. 이건 뜻밖의 계기로 시작되었습니다.

점포를 지금 위치로 옮긴 지 얼마 안 되었을 무렵, 그전부터 교류가 있었던 뮤지션이자 시인인 도모베 마사토 씨가 투어 도중에 벌레문고에 들렀습니다. 마침 그때 도모베 씨는 「no media」라는 곡이 없는 낭독만으로 된 CD를 기획하고 있었고, 그 연장선상에서 제게 이렇게 말씀하셨습니다. "벌레문고에서 낭독 중심의 라이브 공연 같은 걸 하면 좋지 않을까요? 전부터 전국 헌책방을 도는 투어를 해보고 싶었 거든요."

당시에는 마치 꿈같은 이야기였지만 그로부터 2년 정도 지난 2003년 8월, 마침내 그 꿈이 이루어졌습니다.

헌책방을 시작했을 때와 마찬가지로 처음부터 끝까지 어깨너머로 배워가면서. 도모베 씨에게도 고객들에게도 고생만 시킨 한여름의 무더위 속 라이브 공연이 되어 버렸지만, 계산대를 '스테이지'로 하고 매장을 객석으로 만든 벌레문고 라이브 공연은 이때가 시작입니다. 그러고 보니 '밤의 책방'이라고 이름 붙인 도모베 씨의 책방 투어도 이 공연이 시초인 걸로 알고 있습니다.

그 후에 아가타 모리오, 치쿠 도시아키, 구도 도리, 구도 레이코, 가와테 나오토, 스기모토 다쿠, 사리토테(스기모토 다쿠+가무라 도모), OraNoa, 오구라, 테니스코츠와 우메무라 데쓰야, 가에루 모쿠 등 아는 사람이 아는 사람을 불러서 연결되고, 그래서 지금은 이 라이브 공연이 완전히 벌레문고라는 가게의 '간판'처럼 되었습니다.

그 밖에도 '시노다 마사미 act 1987'이라는 필름 상영회와 시마오 마호 씨, 이자와 마사나 씨 등의 토크 콘서트도 열었습니다.

이렇게 늘어놓고 보니 제 가게지만, '와, 대단한데' 하는 믿기 어려울 정도로 뿌듯한 기분이 들어서 박물학자 미나카타 구마구스가 말한 "인연과 인연이 섞이는 곳에 현상이 일어난다"라는 말을 떠올리게 됩니다. 그저 가게 계산대에 앉아 있기만 했을 뿐인데 이런 일들이 차례차례 일어났으니까요.

시작은 그저 가게를 유지하기 위한 노력의 일환으로 낸 아이디어였습니다. 아무 데도 가지 않고 돈도 들이지 않고 할 수 있을 만한 일을 손 닿는 대로 해보았을 뿐입니다.

그래도 궁하면 통한다고나 할까, 세계는 생각지도 않은 곳에서부터 넓어져 갔습니다.

할아버지와 할머니

얼마 전, 가게 밖에서 사진을 찍고 있는데 저쪽에서 낯선 개 두 마리가 나란히 걸어왔습니다.

앞서 걸어오는 건 몸집이 크지도 작지도 않은 잡종견, 그 뒤에 딱 붙어서 따라오는 건 회색 털이 곱슬곱슬한 작은 서양 개. 그 조합만으로도 왠지 재미있어서 찰칵 찰칵하고 셔터를 누르니까, 놀랍게도 개들이 그대로 가게 안으로 들어갑니다.

두 마리 다 개 목걸이를 하고, 사람에게 친숙해 보였지만 목줄도 없고 주인도 보이지 않습니다. 사실 저는 개하고는 그다지 친숙하지 않아서 도대체 어떻게 해야 하지 하고 멀리서 안절부절못하고 있었습니다. 그런데 그 개들은 저를 신경도 쓰지 않는 것처럼 가게 바닥에 배를 깔고 누워서 빈둥빈둥 뒹굴고 서로 장난치거나 하면서 한 시간 정도 놀고는 다시 나란히 어디론가로 휙 사라졌습니다.

이런 이야기를 친구에게 하니까, "그건 누군가 너 아는 사람이야, 분명히. 너희 할아버지하고 할머니가 아닐까?"라는 겁니다.

물론 그 말을 곧대로 믿지는 않았지만 '그렇게 생각하는 것도 나쁘지 않네' 하며 우두커니 생각에 빠져 있다 보니 왠지 점점 그 개들이 정말로 할아버지와 할머니였을지 모른다는 생각이 들었습니다.

할아버지 할머니와는 떨어져 지낸 탓에 뭔가 어색한 사이였지만, 제가 가게를 시작했을 때 두 분은 매우 기뻐해주셨습니다. 개업을 축하하러 와 주셨을 때 찍은 스냅 사진 속에서도 두 분은 정말로 좋은 얼굴을 하고 있습니다. 너무나 좋은 얼굴이어서 그 사진에 상복을 합성해서 덧입힌 사진을 그다음 해 돌아가신 두 분의 영정 사진으로 썼습니다.

개업 당시의 가게는 제가 생각해도 눈 뜨고는 못 볼 정도로 텅 비고 초라했는데도 어떻게 저렇게 웃는 얼굴을 할 수 있었을까 하고 돌이켜 생각해 봅니다.

그로부터 십여 년, 가까스로 계속해나가고 있는 이 가게는 이제는 누가 보아도 '책방'이라고 부를 수 있을 정도는 되었습니다.

'맞아, 지금 이 가게를 할아버지, 할머니에게 보여 드리고 싶었는데.' 그렇게 곰곰이 생각하고 있자니 저는 제 마음속에서 이미 그 두 마리 개는 할아버지 할머니가 모습을 바꾸어서 나타나신 거라고 결론짓고 있었습니다.

그러고 보니 그들은 그 후로 한 번도 눈에 띄지 않습니다.

4부

돌고 돌아 당신 곁으로

관광지의 헌책방

벌레문고는 구라시키의 '미관지구'라고 불리는 옛 거리 보존 지역 변두리에 있습니다. 관광지와 주택가의 경계 근처인데 여유 시간이 있는 사람들이 어슬렁어슬렁 걸어오는 비교적 조용한 지역.

손님들도 근처의 단골들과 멀리서 온 관광객이 반반 정도입니다.

19세기 말에 세워진 상가가 그대로 남아 있는 건물도 있습니다. 여기가 헌책방인 줄 모르고 무심결에 들어오시는 분들도 드물지 않습니다. 그 때문인지 긴 연휴나 축제 같은 날에는 바깥 거리가 그대로 가게 안으로 이어지는 것처럼 매우 혼잡할 때도 있습니다.

그래서인지 '헌책방의 암묵적인 룰이 통하지 않는 장면도 흔히 일어나기도 하고.

가격이 어디에 붙어 있는지 모르거나, 벌레문고라는 가게 이름을 보고 문고판 책 전문점이라고 착각하는 일은 예삿일이고, 책 말고 다른 물건은 거의 없는데도 불구하고 "여기는 뭐 하는 곳인가요?"라든가, 대본소(도서 잡지 등을 기한을 정해 빌려주는 가게. 에도시대에 생겨나서 1950년대 중반에 그 숫자가 정점에 달했으나 서서히 쇠퇴하였다 — 옮긴이)에 가본 적이 없었을 것 같은 젊은 세대들도 "이 책들은 파는 건가요?"라고 자주 물어봅니다.

휴가철이 되면 하루에도 몇 번이나 "헌책방입니다" "파는 겁니다"라는 말을 되풀이하게 됩니다.

그리고 관광지라서 그런 걸까요. 들어오자마자 "화장실은…?"이라고도 하고. 그건 생리 현상이니까 어쩔 수 없는 일이라면 뭐 사실 어쩔 수 없는 일이긴 합니다. 하지만 책장에 있는 책은 쳐다보지도 않고 "한 바퀴 돌고 올 동안 짐 좀 맡아주시겠어요?"라든가, 한번은 "잠깐 아이 좀 봐주시겠어요?"라는 부탁도 받은 적이 있습니다.

참고삼아 말씀드리자면, 귀중품이 아닌 짐은 형편에 따라 맡아 드릴 때도 있지만 아이는 사절입니다.

더욱이 가게 내부는 물론이고, 물어보지도 않고 다짜고짜 가게 주인인 저와 다른 손님들에게까지 카메라를 들이대는 사람, 손님 대접을 하지 않는다고 화내는 사람, 계산대

안쪽에 있는 전망이 좋은 뒷마당에 "카페 코너를 만들어야 한다"고 열심히 저를 설득하는 사람…… 이런 사람들을 수도 없이 겪었습니다.

이런 일들은 책이 좋아서 헌책방을 하게 된 저로서는 고통스러운 일일 뿐이지만, 그러나 달리 생각해보면 이 가게에 헌책방 특유의 쉽게 출입하기 어려운 분위기가 없다는 점도 영향을 주었겠지 하고 생각합니다.

한편으로는 평소 책방이나 헌책방과 친하지 않은 사람들도 "야, 헌책방이구나" 하면서 들어와서 언뜻 '오랜만에 책이라도 읽어 볼까?' 하고 책장에 손을 뻗치고. 이런 모습은 언제 보아도 기분 좋은 광경입니다.

"벌써 몇십 년 동안 줄곧 이 책을 찾고 있었어요."

이렇게 말하고는 아무 말도 없이 그 책을 바라보고 있는 여성분.

"이 책 번역자, 우리 할아버지예요. 이런 책이 있었다니 몰랐어요."

얼굴이 빨개져서 할아버지와의 추억을 들려주는 젊은이.

이런 드라마틱하다고도 할 수 있는 책과 사람의 만남을 눈앞에서 지켜볼 때도 있습니다.

그럴 때, 그 사람이 품에 안듯이 들고 있는 책은 대개가 '아, 그러고 보니 이런 책도 있었지' 하고 생각할 정도로 나도 잊고 지냈던, 가격으로 보면 정가보다 몇 할이나 싼 평범한 책. 그래도 분명히 그런 책일수록 막상 찾으려고 하면 매우 찾기 힘든 책입니다.

그런 책이 구라시키에 관광 오서서 무심코 들러본 헌책방에 있었으니 감동도 더 큰 거겠죠. 그런 책이 이 서점에 진열되기까지의 과정을 알고 싶어 하는 분도 적지 않습니다.

아마도 그분은 그 책을 읽기 위해서 구입한다기보다는 그 책에 얽힌 추억을 하나의 형태로 간직하기 위해서 책값을 내시는 거라고 생각합니다. 그래서인지 가게를 나서는 뒷모습이 아주 조금 땅에서 떠 있는 것처럼 보이는 분들도 있습니다.

벌레문고는 판매하는 책의 90퍼센트 이상을 손님으로부터 사들이는 10평도 안 되는 좁은 가게인 데다 특별한 전문 분야 없이 중고서적 전반을 취급하는 가게, 거의 '마구잡이'로 장사하는 것 같은 가게입니다.

장사로만 놓고 보면 그다지 자랑할만한 일은 아니겠지만 그래도 그런 손님과의 만남은 '이래서 내가 헌책방을 하지' 하는 보람 같은 걸 느끼게 해줍니다.

이런 헌책방에 미래가 있는지 어떤지는 잘 모르겠습니다. 그래도 꽤 즐거운 직업이라고 생각합니다.

25년 전의 초등학생

"다나카 씨가 초등학생 때 나한테 혼난 적이 있다는 말을 들었을 때는 정말로 쇼크였어."

초등학생 시절 구라시키역 앞의 '헌책방 도쿠라쿠칸'에서 만화책을 그 자리에서 선 채로 다 읽어버리려고 하다가 그 서점 주인인 모리카와 씨에게 혼난 적이 있습니다.

벌레문고를 시작하기 얼마 전에 제가 아직 도쿠라쿠칸 서점에 손님으로 드나들던 때에 언뜻 이런 이야기를 하니까 지금은 선배 업자가 된 모리카와 씨는 엄청 놀라고서는 '나도 벌써 이런 나이가 되었구먼……' 하고 말을 잇지 못하고, 그 뒤로 기회 있을 때마다 이 이야기를 합니다.

초등학교 고학년 때, 이웃에 살던 친구가 권해서 주산학원에 다닌 적이 있었습니다. 저는 원래 숫자에 몹시 약해서 실력이 향상될 기미가 전혀 보이지 않았습니다. 더군다나 그 학원은 학생들끼리 경쟁시키는 지도 방침을 가지고 있었는데 그 정점에는 항상 어렸을 때부터 영재교육을 받은 경영자의 딸이 흡사 '천재 주산 소녀'라도 된 양 '필승' 같은 문구를 쓴 머리띠를 하고 군림하고 있었습니다(과장이 아닙니다. 정말로 그런 느낌이었고 앉는 자리도 '잘하는 아이'와 '못하는 아이'로 나누어져 있었습니다).

'숫자'와 '경쟁'은 제가 가장 못 하는 두 분야. 일찍이 경쟁 대열에서 낙오한 저는 학원을 무단으로 자주 빼먹게 되었습니다.

학원을 빼먹은 시간에 무엇을 했는가 하면 서서 읽기.

주산학원은 구라시키역 앞의 오래된 상점가에 있었고, 그 근처에는 '헤이와 서방'이라는 신간 서점과 '아시비 서방'과 '헌책방 도쿠라쿠칸'이라는 두 곳의 헌책방이 있었습니다.

논과 연근 밭이 펼쳐져 있는 도시 변두리의 신흥 주택지에서 자란 저에게 헌책방은 별로 익숙하지 않아서 처음에는 밝고 깨끗한 신간 서점에만 다녔습니다. 하지만 너무 같은 곳에서만 서서 읽기를 하는 게 어린 마음에도 걸려서 '놀이터를 바꾸는' 듯한 기분으로 헌책방에 들락거리게 되었습니다. 그러면서 좋아하는 책이 있으면 신간 서점보다 헌책방에서 사는 게 훨씬 싸다는 사실도 알게 되었습니다.

'아시비 서방'은 다섯 평 정도로 문학서와 만화를 주로 갖춘 옛날 방식의 '동네 헌책방'인데 30대 정도의 온순해 보이지만 책에 대해서는 잘 알 것 같지 않은 여성이 가게를 보고 있었습니다. 비교적 최근에 알게 되었는데 여기 주인은 시내에 있는 큰 병원에서 사무장을 하는 분이었고, 책방은 친척 여성 같은 분들에게 맡겨 두고 있었다고 합니다.

그 사실을 알고 나서 '초등학생이 마음대로 서서 읽기를 할 수 있고, 위압감이 없는, 그리고 어딘가 무관심한 분위기가 풍겼던 건 그래서였군' 하고 묘하게 납득이 갔습니다.

헌책방에 책을 팔 수 있다는 걸 알게 된 것도 이맘때쯤입니다. 다 읽은 책을 가져가서 "사주세요" 하면 "어린아이가 이런 식으로 돈을 얻는 건 별로 좋은 일이 아니야"라며 조금 슬픈 듯한 얼굴을 한 주인에게서 타이르는 말을 들었던 추억도 있습니다.

'헌책방 도쿠라쿠칸'도 바로 그 근처였지만 '아시비 서방'보다 훨씬 들어가기 어려운 분위기라는 것은 어린 저도 왠지 느끼고 있었습니다. 하지만 작은 가게는 초등학생 여자아이가 좋아할 만한 책의 숫자에 한계가 있습니다. 점점 '헤이와 서방'과 '아시비 서방'에 질리게 된 저는 새로운 서서 읽을 곳을 찾아서 모리카와 씨 가게로 어느 날 문득 발을 들여놓았습니다.

거기서 만화책 한 권을 손에 들고 펼친 순간 날아온 소리가 "잠깐 거기 학생, 서서 읽기는 안 했으면 좋겠는데"라는 한마디.

그 낭랑하고 약간 새된 큰 목소리와 노여움이 서린 단호한 어조. 지금 이렇게 서로의 가게를 드나드는 가까운 사이가 된 만큼 더 리얼하게 머릿속에서 다시 떠올릴 수 있습니다. 얼마나 무서웠는지. 그 뒤로 고등학생이 되어 본격적으로 헌책방을 다니게 되기 전까지는 그 근처에 얼씬도 못 했습니다.

이제 와 생각해보니 그 일은 '헌책방 아저씨'라는 이미지에 맞는 사람을 만난 첫 번째 경험이었습니다. 그 일을 계기로 그 후로는 헌책방에서 지켜야 할 매너라고 할까, 암묵적인 약속 같은 것이 한순간에 머릿속에 박힌 듯합니다.

최근에 모리카와 씨와 "그런데 그때, 몇 살이었더라?" 하며 서로 나이 얘기를 한 적이 있습니다. 제가 초등학교 5학년 정도였으니까 계산해보면 그때 모리카와 씨는 아마도 가게를 시작한 지 얼마 되지 않은 28살 정도.

'아저씨'라고 부르기엔 아직 젊은 나이였는데, 이분이 말하기를 "처음부터 이미 은퇴 생활을 즐길 셈으로 헌책방을 차렸는데 지금도 이렇게 계속하고 있을 뿐이지"랍니다. 역시 '아저씨'임에 틀림없는 것 같습니다.

헌책방의 세계는 선후배 사이에 상하 관계가 비교적 약한 편이지만 특히 모리카와 씨는 그런 걸 더 싫어하는 성격이어서 제가 막 가게를 시작해서 좌우도 구분하지 못했을 때부터 저에게 평등하게 대해주고 있습니다.

그때 서서 읽기를 꾸지람 들은 초등학생은 지금은 당시의 모리카와 씨 나이를 뛰어넘었고, 그리고 그와 자주 얼굴을 마주하고서는 그날의 매출이 얼마나 적은지 서로 자랑하고 있습니다.

"25년 전이라, 그러니까 우리 둘 다 나이를 먹은 거네요"라고 웃으면서 어쩌면 우리 가게에도 그런 초등학생이 왔을지도 모르겠다고 생각해보지만…… 그래도 역시 헌책방 일은 앞날이 창창한 초등학생 여러분에게는 별로 권하고 싶은 길은 아니라고도 생각합니다.

방치된 브라우티건

헌책방을 하다 보면 어떤 손님이 "혹시 OO이란 책 있습니까?"라고 문의한 며칠 뒤 다른 손님이 그 책을 팔러 오는 우연이 비교적 많이 있습니다.

마치 책이 이곳을 점찍고 찾아온 것 같기도 하고, 아무리 생각해도 책이 나를 부른 것 같이 생각되는 그런 불가사의한 만남은 반드시 헌책방이 아니라도 책을 좋아하는 분이라면 누구나 아마도 한두 번쯤은 겪어보지 않았을까요.

저에게 있어 그런 책 가운데 하나가 리처드 브라우티건의 『미국의 송어 낚시』입니다. 이 책은 브라우티건이 쓴 책 중에서 가장 유명한 작품이고, 구하기가 그다지 어려운 책도 아니고, 그렇다고 제가 브라우티건의 열렬한 독자인 것도 아닙니다. 그렇지만 제가 가지고 있는 『미국의 송어 낚시』는 조금 특별합니다.

아직 가게를 시작하기 전에 있었던 일입니다. 근처 헌책방에서 어쩌다 손에 잡은 《현대시 수첩》의 특집 '브라우티건을 읽다(1992년 2월호)' 중에서 제가 그 당시 자주 듣던 노래를 부른 가수 도모베 마사토 씨가 쓴 「브라우티건 날씨」라는 글을 만났습니다.

브라우티건의 알 듯 모를 듯한 시적이고 둥둥 떠오르는 느낌이 있는 세계를 도모베 씨가 고스란히 알 듯 모를 듯하게 시적이고 둥둥 떠오르는 느낌으로 써 놓았길래, '흠, 그런가' 하고 그때까지 종잡을 수 없었던 브라우티건의 세계는 사실 '괜스레 분석할 필요가 없다'는 사실을 어렴풋이 알게 되었습니다.

그 경험은 고교 시절부터 사회학을 중심으로 논픽션만 읽었던 당시의 저에겐 하나의 깨우침 같은 것이었습니다.

조금 긴 문장이지만 그 「브라우티건 날씨」의 첫 부분을 인용합니다.

몇 년 전 어떤 스튜디오 계단에 『미국의 송어 낚시』가 놓여 있는 것을 보았다. 거기는 보통 책을 놓아둘 만한 곳이 아니었지만 그렇다고 버린 것처럼 보이지도 않아서 그대로 두었다. 새벽이 다 되어서 나올 때 다시 보니까 『미국의 송어 낚시』는 여전히 그 자리에 그대로 있었고 아무도 찾으러 오지 않을 것 같았다. 나는 그 책을 가방에 넣어 집으로 가져왔다. 스튜디오 계단에 방치되어 있던 『미국의 송어 낚시』는 오늘 이 시간까지 내 책장에 방치되어 있었다.

오늘 그 책을 꺼내서 보니 표지 사진에 있는 여자의 입가에 담뱃불에 그을린 자국이 있었다. 나는 거의 10년 넘게 담배를 피우지 않으니까 책을 계단에 놓아둔 사람이 낸 담배 자국일 거다. 나는 그 그을린 자국을 무시하고 『미국의 송어 낚시』를 읽기 시작했다.

도모베 마사토 「브라우티건 날씨」

그즈음부터 소설책을 닥치는 대로 읽기 시작한 저는 그로부터 1년이 채 못 되어서 헌책방을 하게 되는데, 바로 그 무렵 근처에서 열린 '도모베 마사토 라이브 공연'에서 우연히 도모베 씨와 말을 나눌 기회를 얻었습니다. 말을 나눴다고는 해도 저는 그의 팬인지라 그가 마치 구름 위의 사람처럼 느껴졌습니다. 무슨 말을 해야 하면 좋을지 몰라서 결국 "곧 헌책방을 엽니다"라면서 개점 안내 광고지를 건넸을 뿐입니다.

그런데 두세 달 정도 지나서 놀랍게도 도모베 씨가 "이사하는 데 책을 어떻게 처분할지 고민하고 있습니다. 괜찮으시면 가게에 진열해주세요"라면서 장서가 담긴 골판지 상자 여러 개를 보내왔습니다.

너무나 놀라서(근처의 선배 업자인 모리카와 씨도 "도모베 마사토 씨가 책을 보내준 것만으로도 헌책방을 시작한 보람이 있네"라고 말했을 정도입니다) 상자를 앞에 두고 한동안 멍하니 있었습니다. 그러다 정신을 차리고 안에 있는 책들을 하나하나 확인하다가 그만 저도 모르게 숨을 죽였습니다. 거기에는 「브라우티건 날씨」에 나오는 바로 그 담뱃불에 그을린 자국이 있는 『미국의 송어 낚시』가 들어 있었습니다.

그런 연유로 '어떤 스튜디오 계단'에서 '도모베 마사오의 책장'으로 떠도는 인생을 걸어온 『미국의 송어 낚시』는 돌고 돌아서 지금은 제 책장에 꽂혀 있습니다. 벌레문고는 크고 작은 파도를 겪으면서 지금까지 몇 번이나 존폐 위기가 있었습니다. 저는 그때마다 이 책을 손에 들고서 '하지만, 여기서 그만두면 도모베 씨에게 면목이 없지'하고 마음을 다시 다잡았습니다.

이 책은 제가 죽으면 같이 관속에 넣어서 태워 주었으면 하는 한 권의 책입니다. 그러나 마음 한편에는 또다시 누군가의 책장에 꽂히는 것도 좋지 않나 하는 생각이 들 때도 있습니다.

그 당시의 감상문

얼마 전 정년 퇴임하신 고교 시절 은사님과 함께 가사오카 시 니야마에 있는 기야마 쇼헤이 생가를 찾아갔습니다.

기야마 쇼헤이는 이부세 마스지나 다자이 오사무 등과 교류가 깊었던 작가인데 그 여유롭고 유머러스한 작풍으로 지금도 뿌리 깊은 팬층이 있습니다.

향토 작가는 아주 저명한 작가가 아니라면 의외로 고향에서는 유명하지 않습니다. 기야마 쇼헤이도 헌책방계에서는 그 이름을 모르면 이상하게 여겨질 만큼 인기가 많지만, 사실은 저도 헌책방을 하기 전까지는 몰랐던 작가입니다.

기야마 쇼헤이의 생가에 함께 간 선생님은 국어교사로서 마지막 몇 년을 기야마 쇼헤이의 모교인 야카게 고교에서 교편을 잡고 계셨는데, 기야마 쇼헤이의 작품을 열심히 읽게 된 건 사실 그 학교에 부임하신 다음부터라고 합니다.

그 선생님과는 어느 날, 근처 문학관에서 열렸던 「이부세 마스지와 기야마 쇼헤이」라는 전시회를 보러 갔을 때 우연히 재회해서 이야기를 나누다가 뜻이 맞아서 다음에 꼭 같이 '기야마 쇼헤이 투어'를 하자는 약속을 했습니다.

초여름의 맑고 온화한 날씨 속에서 기야마 쇼헤이의 생가와 묘지, 이카사 철도기념관 등 주위에 있는 연고지를 찾아가고 고교 시절 추억을 이야기하면서 하루를 보냈습니다.

고교 시절의 국어 선생님과 지금도 왕래하면서 지낸다고 하면 마치 제가 공부 잘하는 학생이었던 것 같지만, 실제로는 그 반대. 책 읽기를 좋아해서 '현대문'과 '한자 읽고 쓰기'는 그럭저럭 성적이 괜찮게 나왔지만, '작문'이나 '감상문'에는 약했습니다. 매번 정해진 원고지 세 장 가운데 첫 세 줄 정도만 쪼르륵 써서 내는 꼴이었습니다. 지금 제가 이렇게 책 한 권 분량의 글을 쓰고 있다는 사실이 믿어지지 않을 정도로 그 당시에는 정말로 아무것도 못 썼습니다.

그래도 선생님은 저를 책 좋아하는 학생이라고 좋게 봐 주셨는지 제게 별달리 이래라저래라하지 않으셨습니다. 덕분에 고교 3년간 그냥 책 읽기만 하는 즐거움을 맛볼 수 있었습니다.

아마도 3학년 마지막 독후감이었던 것 같습니다. 다자이 오사무의 『인간 실격』에 대해서 평소대로 겨우 세 줄만 써서 선생님께 냈더니 빨간 펜으로 "이다음이 더 읽고 싶습니다"라는 말이 덧붙여져서 돌아왔습니다.

　그때 말씀하셨던 '이다음'은 아니지만, 이 책이 나오면 선생님께 보내드리려고 합니다.

기야마 씨 매실주

올 5월 중순에 오랜만에 기야마 쇼헤이 생가와 후루시로야마 공원의 시비를 보러 갔습니다.

구라시키역에서 출발하는 산요 본선의 하행선 이토자키행. 고교 3년간 때때로 게으름 피우면서도 겨우겨우 타고 다닌 노선입니다.

구라시키역 다음 역인 니시아치역에서 출발해서 한참 달리면 열차는 다카하시가와라는 일급 하천에 다다릅니다. 그리고 이 강을 건너면 드디어 우리의 '기야마 문화권'.

기야마 문화권이란 명칭은 (왠지는 모르겠지만 이 지역에 친구들이 집중적으로 많이 산다는) 자유 기고가 오기하라 교라이 씨가 붙인 이름으로서 기야마 쇼헤이가 '내 문학의 고향'이라고 불렀던 빗츄(오카야마현 서부의 옛 이름 ─ 옮긴이)의 외진 시골'입니다. 오늘날 행정구역으로 보면 기야마 쇼헤이 생가가 있는 가사오카 시(市)를 중심으로 주변의 이하라 시, 오다 군(郡), 아사쿠치 군 일대를 가리키는 아주 개인적인 기준으로 나눈 지역 분류입니다. 기야마 쇼헤이의 수필에는,

> 우리 향토는 북으로는 츄코쿠 산맥의 죽 늘어선 산봉우리를 지니고 있고 남으로는 샘물과 같은 세토 내해를 품고 있다. 시베리아의 찬 바람은 그 산맥에 막히고 태평양의 성난 파도는 시코쿠의 섬에 막혀서 그 소리가 들리지도 않는다. 우리는 이런 환경 속에서 자랐다. (중략) 그래서인지 우리의 시는 명랑하고 밝다. 사람을 마지막까지 끌어들이는 힘은 부족하다.
>
> 기야마 쇼헤이 「시와 향토」

또 만년의 수필에도,

> 대체로 미인은 적은 것 같다. 날씨가 따뜻해서 얼굴에 팽팽함이 없어지는 걸지도 모른다.
>
> 기야마 쇼헤이 「시코쿠의 여인」

이런 글들이 있는데, 아마도 좋든 싫든 이런 느낌의 따뜻하고 차분한 날씨와 인간성이 특징이라면 특징인 곳입니다.

이 지방 특유의 완만한 산들(이 표현은 저도 어딘가에서 읽고 알게 된 말인데 사실은 익숙한 경치에 그 말을 겹쳐서 바라보고 있을 뿐입니다), 텅 빈 넓은 하늘 아래 느슨하게 물결치는 산들을 보고 있노라면, 왠지 이런 풍경을 보고 자란 사람들에게는 '극복하자!'든가 '끝까지 올라가자!'와 같은 치열한 사고방식은 생겨나기 어렵지 않나 하는 생각이 듭니다.

제 모교, 기야마 문화권 내에 있는 K고교는 초등학교, 중학교 때 동네 학교에 적응하지 못하고 거의 도망치듯이 입학시험을 보고 다니게 된 학교였습니다.

제2차 베이비 붐이 한창일 때, 그 몹시 치열한 수험 전쟁 시대에도 진학 희망자가 정원의 반도 되지 않는, 쉽게 말하면 공부 못하는, 좋게 말하면 느긋한 학교라서 그런 분위기가 제 성격에 맞았던 것이었겠지요. 싫어하는 공부와 대인관계에 신경 쓰지 않고 소속되어 있던 생물 동아리에서 변형균(점균)을 찾아서 야산을 기어 다녔고, 쉬는 시간은 물론이고 수업 시간에도 오로지 도서관에서 빌린 책만 읽었던 고교 시절. 저는 그때 이미 '이끼 좋아하는 이상한 헌책방 주인'이라는 지금 제 모습의 원형을 갖추었는지도 모르겠습니다.

3월 26일생인 저는 반에서 꼴찌에서 두 번째 학생이었다 (일본의 신학기는 4월 1일부터 시작한다. 3월생은 빠른

생으로 다른 학생들보다 생일이 늦다 ─ 옮긴이). 키도
작았고 지능도 떨어졌다. 이 우연적인 운명이 나의 일생
을 지배하고 있었는지도 모른다.

기야마 쇼헤이 「나의 반생기」

3월 17일생인 저는 이 글이 남의 일 같지 않게 느껴집니
다. '아, 정말 힘든 시절이었어' 하며 한숨을 쉬는 사이에 열
차는 가사오카역에 도착. 개찰구에는 이날 하루 동안 같이
하기로 약속한 K가 기다리고 있었습니다.

일주일 전 일입니다. 평소대로 가게를 보고 있는데 어딘
지 낯익은 얼굴의 남성이 들어왔습니다. 그리고 책장의 책
은 보지도 않고 대뜸 제 쪽을 보고 "다나카 씨인가요?"라고
묻습니다.

'음, 어디서 만난 분이지?' 하고 생각하면서 "네, 접니다"
라고 대답하니까 그 남성분은 모자를 벗고 싱긋 웃으며 말
씀하셨습니다.

"저는 기야마라고 합니다. 기야마 쇼헤이의 아들입니다."
그분은 기야마 반리 씨였습니다.

놀란 것은 물론이지만, 어떻게 제 가게를 알게 되었는지
궁금해서 인사를 마치자마자 여쭤보았습니다.

"예, 가사오카의 H 씨가 미호 씨가 쓴 이끼 책을 보내주

셨어요. 그래서 잠깐 찾아뵙고 싶어서요"라고 하십니다.

H 씨란 분은 가게를 시작한 당시부터 찾아오던 손님이고 지금 가사오카 시에서 기야마 쇼헤이 문학상을 담당하고 계신 분입니다. 제가 기야마 쇼헤이 팬이라는 사실을 알고 배려해주신 것이었습니다. 저는 바로 전해에 『이끼와 걷다』라는 이끼 관찰 입문서를 낸 참이었습니다.

그분은 작품에 자주 등장해서 기야마 쇼헤이 팬들에게는 친숙한 네리마구 다테노쵸에 있는 그 집에 지금도 살고 계시는데 묘지가 이쪽에 있기 때문에 오카야마에는 자주 오신답니다.

차를 내드리고, 마침 다음 주에 성묘 갈 예정이라는 점과 제가 K고교 출신이라는 사실을 말씀드리자 "아, 그래요!" 하며 한동안 여러 가지 추억들을 들려주셨습니다. 반리 씨도 전쟁 중에 피난 와서 초등학교 2학년부터 6년 동안 이 동네에서 지내셨다고 합니다.

"지금 와서 생각해보면 겨우 6년 동안이고 제 나이가 벌써 일흔둘이니까 햇수만으로 하면 여기서 보낸 시간이 인생에 십분의 일도 안돼요. 그래도 마음속에서 이곳의 무게감은 점점 더 커지는 거예요."

이 말씀이 인상적이었습니다.

이렇게 해서 생각지도 않게 기야마 쇼헤이 작가의 아드

님이신 반리 씨에게 직접 사전 설명을 듣는 영광을 누리게 된 것입니다.

이번에 저와 동행한 K양은 저보다 아래로 띠동갑 정도 젊은 친구인데 도쿄의 음악대학을 막 졸업한 피아노 교사입니다. 태어난 곳도 자란 곳도 가사오카와는 산 하나를 가운데 두고 붙어 있는 이바라 시 출신이고, 더군다나 할아버지 때부터 대대로 내려오는 기야마 쇼헤이 팬입니다. 고향을 소재로 한 기야마 작품에 자주 등장하는 빗츄 사투리도 정말로 원형 그대로. 그 소박하고 사랑스러운 인품과 멋진 용모 등등 제가 본인 모르게 '멸종 위기종'으로 지정한 기야마 문화권의 본보기와 같은 여성입니다.

그리고 보니 바로 얼마 전에도 제 가게에서 차를 마시면서 이런 이야기를 했습니다.

"우리 할아버지, 최근에 나이를 드시고 산에 가시면 자주 여우에게 홀리는 거예요."

"여우에 홀리다니?"

"잘 아는 곳에서 길을 잃거나…… 비가 오면, 낮에도 여우가 나오니까 산에 가면 안 된다고 하시는데…… "

저는 "흠, 그거 곤란하네" 하고 맞장구를 치면서 기야마 쇼헤이의 단편소설 「할아버지의 철자법」 첫 부분에 다음 날 아침에 이질로 세상을 뜨게 되는 남동생이 "이제 돌아가자, 형. 늦어지면 여우가 나온단 말이야" 하며 형을 재촉하는 장면이 떠올랐습니다.

21세기에 들어선 오늘날에도 이 고장에는 아직 이렇게 겨우겨우 여우가 살 수 있는 곳이 남아 있는 것이겠지요.

이날은 우선 가사오카역에서 멀지 않은 후루시로야마 공원으로. 기야마 쇼헤이의 단편소설 「3학년의 봄」에서 학생들이 오쿠라 선생님과 소풍 가는 공원입니다만, 지금 이곳에는 기야마 쇼헤이가 세상을 뜨고 얼마 되지 않아 이부세 마스지가 주도해 세워진 시비가 있습니다.

　　　삼나무 산을 지나

　　　삼나무 산속에서

　　　한 그루 소나무를 찾았네.

　　　주변의 삼나무에 섞여

　　　주변의 삼나무처럼

　　　똑바로 서 있는 그 모습

　　　그 모습이 정말 아름답구나.

　　　　　　　　　　　　　　「삼나무 산의 소나무」

이 시가 가진 터무니없이 느긋한 분위기가 잘 어울리는, 덥지도 춥지도 않은, "지금이 젤루 좋을 때여"라는 상투적인 대사가 무심결에 입에서 나올 것 같은 그런 기분 좋은 날씨. 주위에 심어진 나무들도 모두 다 잘 자라서, 같은 초록이지만 갖가지 초록색으로 어우러진 숲속에 시비가 둥실 떠 있는 것처럼 서 있습니다.

시비를 잠시 마주 보고 서 있다가 문득 시비가 있는 쪽에서 보이는 가사오카만의 풍경을 확인해보고 싶어져서 발끝으로 서서 휘청대고 있었더니 K양이 "여기, 여름에는 가사오카의 불꽃놀이가 잘 보여서 자리다툼이 일어날 정도예요"라면서 시비의 받침대를 톡톡 가볍게 두들겼습니다. 사실은 아까부터 거기 올라가 볼까 말까 망설이고 있던 참이었는데 '그래요?' 하고 잠깐 실례를 무릅쓰고 올라가 보았습니다.

시비는 샤미센의 바치(일본 전통 삼현 악기인 샤미센의 현을 뜯는 채, 도끼날처럼 생겼다 — 옮긴이)를 누인 것 같은 모양을 하고 있는데 아마도 불꽃놀이가 있는 날에는 미끄럼 타기에 딱 알맞게 경사진 시비 위에서 미끄럼을 타며 노는 아이들이 있을 것 같다는 상상을 해보았습니다.

나무들 사이 사이로 보이는 세토 내해는 안개가 끼어서 멀리까지는 잘 보이지 않았지만 아마도 가사오카 제도 쪽을 향하는 듯한 기선이 먼바다 쪽으로 떠나고 있었습니다.

"이 바다는 말이여, 세토 내해라고 하는 일본에서 가장

작은 바다거등. 한마디로 말하면 아기 바다여. 태평양이
나 인도양 같은 바다는 여기보다 몇천 배, 몇만 배나 되는
지도 모를 거여."

「3학년의 봄」

단편소설 「3학년의 봄」에서 태어나서 처음 보는 새파란
바다를 눈을 크게 뜨고 바라보는 '외진 시골' 아이들에게 오
쿠라 선생님이 한 이 말이 떠오릅니다.

오후에는 근처 슈퍼에서 금송 가지를 사서 기야마 쇼헤
이 생가로 갔습니다. 가사오카에서 현도 48호선을 타고 북
쪽으로. 바로 「3학년의 봄」에 나오는 소풍과 같은 코스입니
다. 편도 8킬로. 차를 타고 가도 꽤 시간이 걸립니다.

우선 뒷산에 자리한 쵸후쿠지 절까지 올라가고 나서 생
가로 출발. 반리 씨가 말씀하시길 생가는 주위 분들에게 최
소한으로 돌봐달라고 부탁해 놓았지만 벌써 몇십 년 동안
빈집인 채로 있다고 하는데, 직접 와서 보니 본채는 아직도
튼튼합니다. 정원수 사이에는 미사오 부인과 기야마 쇼헤이
의 시비가 두 개 나란히 서 있었습니다. 잠시 시비를 바라보
고 만져보고 하다가 그 위에 떨어져 있는 프로펠러 모양의
단풍나무 씨를 주워서 주머니에 넣었습니다.

이번 여행에서 처음으로 기야마 쇼헤이 묘지를 찾아가

보았는데 '생가 뒤쪽'이라는 정보만 가지고 있어서 생각보다 많이 헤맸습니다. 어쨌든 주위는 전부 기야마 성씨를 가진 사람들뿐입니다.

한동안 돌아다니다가 결국 가까이에서 농사일을 하고 있던 할아버지에게 물어보았습니다. 이 동네에서는 보통 누군가에게 길을 묻는 일이 없는 거겠죠. "글쎄…… 저쪽 편인 것 같은데"라며 미안한 듯 곤란해하는 얼굴로 우리가 지금까지 걸어온 길을 가리킬 뿐.

할 수 없이 아무튼 고맙다고 인사를 하고 가리킨 방향으로 되돌아가고 있으니까, 갑자기 아까 그 할아버지가 오토바이를 타고 우리 앞을 지나갔습니다. 그리고 수십 미터 앞에서 멈추더니 뒤를 돌아보고 "쇼헤이 씨네 묘지는 여기요"라며 수풀 속 가느다란 길을 가리키셨습니다. 농사일을 멈추고 일부러 따라와 주신 겁니다. 과연 자세히 보니 길가에 작은 안내판이 서 있었습니다.

K양과 둘이서 머리를 숙여 인사한 다음에 그제야 안심한 표정으로 밭으로 돌아가는 할아버지를 배웅하고 나서 다시 성묫길로. 한 사람만 겨우 다닐 수 있는 정도의 좁고 가파른 언덕길은 한슈(현재 효고현의 일부 — 옮긴이)의 산속 깊은 곳에 있는 제 아버지 고향의 묘지와 많이 닮았습니다.

생가를 내려다보는 것처럼 한 줄로 나란히 서 있는 묘비

들 가운데쯤에 유언대로 '기야마 쇼헤이'라고만 덩그러니 새겨진 묘비가 있었습니다. 꽃 통에 가져간 금송 가지를 꽂고 향을 피우고 손을 모으고는 "묘는 깨끗이 하고 나면 오래 있지 않아도 돼"라는 할머니의 말을 생각하면서 그 자리를 떠났습니다.

묘지에서 생가 쪽으로 곧장 내려갈 수 있는 좁은 길을 찾아내서 이번에는 그쪽으로 가보기로 했습니다. 성묘 때에는 모두 이 길로 오르락내리락하겠죠.

생가 뒤쪽 흙담 주위에는 매실 여러 개가 떨어져 있었습니다. 올려다보니 바로 앞 수풀 옆에 커다란 매화나무가 있고 나무에는 파랗고 단단해 보이는 열매가 드문드문 달려 있습니다. 떨어져 있는 열매는 아마도 수확할 때 튕겨 나간 것이겠죠. 다시 보니 모두 상처가 났거나 벌레가 먹었습니다. '매실주는 담글 수 있겠지', 매실을 보면 안절부절못하는 성미인 저는 떨어져 있는 청매실 중에서 그래도 깨끗한 것을 스무 알 정도 주워서 들고 온 손가방에 넣어 가져왔습니다.

그리고 그날 밤 바로 담근 매실주 병에는 이날을 기념하려고 '기야마 씨 매실주'라고 쓴 라벨을 붙여서 계산대 책상 그늘에 놓아두었습니다.

"단 한 편의 시나 단 한 편의 소설이라도 50년 후, 100년

후의 사람 중에 단 한 사람이라도 읽어 준다면 기쁘겠다. 그것이 내 소망이다."

기야마 쇼헤이가 살아 있을 때 아내 미사오 씨에게 자주 한 말이라고 합니다. 이 말은 아들인 반리 씨도 마치 유언처럼 여기고 있는 것 같아서 가게에 오셨을 때, "그러니까 자네 같은 젊은 사람이 읽어 준다는 게 정말로 고맙네"라고 감개무량한 듯 말씀해주셨습니다.

가게 밖 유리창에는 이미 기간이 한참 지난 후쿠야마 문학관의 특별전 「이부세 마스지와 기야마 쇼헤이」의 포스터를 떼지 않고 계속 붙여놓았습니다. 관광지여서 여러 지방에서 온 사람들이 가게 앞을 지나가는데, 생각보다 많은 사람이 이 앞에서 발을 멈추고는 "어, 기야마 쇼헤이구나"라고 합니다. 물론 대부분은 이미 손자도 다 커서 어른이 됐을 만큼 나이 드신 분들이지만, 그래도 다른 세대와는 달리 이 세대분들은 대부분 기야마 쇼헤이의 이름을 알고 있고 어쩐지 친숙한 감정을 지니고 있다는 사실을 그 목소리만 들어도 알 수 있습니다.

기야마 쇼헤이가 살아 있을 때와는 시대가 많이 변했습니다. 그러나 남보다 먼저, 남보다 더 앞으로 나아가려는 세상의 풍조가 성미에 안 맞는 사람은 어떤 시대에도 변함없이 존재할 터입니다. 아니, 서민이라고 불리는 우리는 언제나 대부분 그렇지 않을까요?

기야마 쇼헤이의 문학은 그런 우리 서민들의 마음을 문득 따뜻한 온기로 채워 주고, 세상사 아랑곳하지 않는 고양이 하품 같은 반골 기질로 우리를 슬그머니 다독여줍니다.

'잘하는 것만이 능사는 아니다. 잘 못하니까 할 수 있는 일도 있다.'

이 말은 몸과 마음 모두 성장이 더디고 느림보라고 불려온 제가 그래도 어떻게든 세상과 이렇게 타협하게 되기까지 살아오면서 얻은 제 나름의 인생철학 같은 것입니다. 저는 이 인생철학이 바둑과 장기를 좋아했던 기야마 쇼헤이의 명문인 "공배(바둑에서 흑과 백 누가 두어도 이익이나 손해가 없는 곳 ─ 옮긴이)도 집이다"라는 문장과 어딘가 통하는 면이 있는 것 같아서 마음에 듭니다.

세상을 내팽개치는 것도 아니고 세상에 정색하고 대드는 것도 아닌, 그저 '하여간 살아 있다'는 느낌이 아닐까 하고 생각합니다.

기야마 쇼헤이의 시와 소설을 즐겨 읽는 사람이 있는 동안은 이 세상도 완전히 포기해버릴 건 아니더라고요. 요사이 꽤 좋은 빛깔로 변해가고 있는 '기야마 씨 매실주'를 바라보고 있노라면 그런저런 생각이 더 짙어집니다.

나가이 씨에 대하여

이끼에 대한 거라면 뭔가 쓸 수 있을지도 모른다고 생각해서 쓴 「이끼 관찰 일기」라는 글이 ≪12 Water stories magazine≫이라는 잡지에 실렸습니다. 일기와 숙제 말고는 태어나서 처음으로 써본 글입니다.

그 잡지는 미술작가인 나가이 히로시 씨가 '일상에 뿌리내린 예술'을 주제로 해서 전업 작가가 쓴 글부터 아마추어가 쓴 글까지 한데 모은 잡지인데 1999년~2001년에 걸쳐서 9호까지 나왔습니다. 사진이나 그림보다는 주로 글을 중심으로 만들어진 잡지인데도 서점보다는 오히려 잡화점이나 카페에 어울리는 분위기가 풍깁니다. 제가 이 잡지를 알게 된 계기도 한 친구가 "요전번에 코베의 잡화상에서 이런 책을 발견했는데 벌레문고에도 가져다 놓을 수 없을까?"라고 부탁했기 때문이었습니다.

남의 부탁을 받으면 웬만해서는 싫다고 못 하는 성격이라서 밑져야 본전이라는 생각으로 그 친구가 가르쳐준 편집부 주소로 엽서를 써서 구입을 신청했더니, 의외로 쉽게 답장을 받아 잡지를 들여오게 되었습니다.

그 후 편집장인 나가이 씨, 그리고 이 잡지와 연관된 여러 사람과의 교류가 시작됐고, 그러던 중에,

"미호 씨도 뭔가 써 보지. 헌책방에 관해서라든가. 맞아, 이끼에 대해서 쓰면 어떨까? 뭔가 쓸 수 있지 않겠어?"

이렇게 되어 버려서.

그전까지 문장다운 문장은 한 번도 써본 적 없고, 헌책방 일도 쓰는 쪽이 아니라 주로 읽는 쪽 일이라 생각하고 있었기에 처음에는 당연히 "그런 거 저한테는 무리예요. 저 못 써요"라고 거절했습니다.

그러나 "잘하든 못하든 그런 건 상관없어. 이끼에 대해 쓸 수 있는 사람은 미호 씨밖에 없잖아요"라는 말에 설득당해 정신 차려 보니 다음 호에 글을 쓰기로 결정되어버려서.

「이끼 관찰 일기」를 다 쓰기까지 편집자인 나가이 씨와 원고를 주고받으면서 난생처음으로 독자(타인)에게 전달되는 글을 쓰려고 노력했습니다. 그랬더니 제가 생각지도 않았던 말이 태어나거나 되살아나는 걸 체험했습니다. 그 당시 느꼈던 감각은 지금도 제가 글을 쓸 때의 기본자세가 되

었습니다.

그리고 그 "잘하든 못하든 그런 건 상관없어. 어떻든 손을 움직여 봐"라는 말은 어느 사이엔가 제가 그리고 있던 헌책방의 이미지에서 멀어져버린 '벌레문고'에 대해서도 '그래 조금 더 힘내보자'라고 씩씩하게 다짐하는 계기를 만들어주었습니다.

그런 말을 해주었던 나가이 씨가 작년 4월에 갑자기 돌아가셨습니다. 나가이 씨도 저처럼 심장병을 앓고 있어서 최근에는 계절에 한 번씩 서로 몸 상태를 알려주는 질병 동료 같은 사이가 되었는데 그는 결국 다른 병 때문에 세상을 떠났습니다.

실제로는 아주 가끔씩 만나서인지 지금도 실감이 안 납니다. 그래도 "아. 나가이예요, 어때요? 요즘"이란 말로 시작하는 나가이 씨의 긴 전화는 이젠 안 걸려오겠구나 하고 문득 깨닫고는 쿵 하고 그 무게를 느끼게 됩니다.

"마음만 먹으면 누구든지 할 수 있어. 나도 할 수 있으니까"라고 입버릇처럼 말하던 나가이 씨의 그 포근하고 매력적이면서도 그 속에 한줄기 강한 의지가 들어 있는 작풍은 사실 결코 아무도 흉내 낼 수 없는 것이었습니다.

마지막으로 전화했을 때, 제가 지금은 이끼 다음으로 거북이에 대한 책을 쓰고 있다고 말하니까 나가이 씨는 조금 어이없어하는 듯했지만 그래도 즐거운 목소리로 이렇게 말해주었습니다.

'좋네, 다나카 씨답고. 어쨌든 계속해서 써요. 그다지 잘 쓴 문장은 아니지만, 왠지 좋으니까.'

이끼 관찰 일상

비 온 뒤에 이끼가 가득 낀 바위를 만지는 일은 기분이 매우 좋은 일입니다. 빗물을 머금은 소박하고 아름다운 풀잎은 촉촉하고 부드럽고, 산에 있는 식물 특유의 살짝 달콤한 향기가 납니다. 그 향기를 맡으며 아무 생각 없이 슬슬슬 이끼를 쓰다듬고 있는 제 자신에게 깜짝 놀랄 때도 있습니다.

아마 몇 년 아니 몇십 년 동안 아무도 만진 적 없었을 것 같은 깊은 산속의 이끼라도 손끝으로 가볍게 집기만 해도 어이없을 정도로 쉽게 벗겨져버립니다.

이렇게 잘 벗겨지는 이유는 이끼가 뿌리 같기도 하고 뿌리가 아닌 것 같기도 한, 마치 비실비실한 수염 비슷한 물체를 이용해서 지면과 바위에 겨우 붙어 있기 때문입니다. 이끼는 다른 식물처럼 자신이 뿌리내린 곳으로부터 양분을 흡수하는 게 아니라, 주로 체표면으로 공기 속에 있는 희미한

습기와 햇빛을 받아서 그것을 영양분으로 바꾸어서 살아가기 때문에 지면에 뿌리를 내릴 필요가 없다고 합니다.

'생겨났다'기 보다는 오히려 '솟아났다'는 말이 더 어울릴 것 같은 이끼는 자기에게 딱 알맞은 장소와 환경에서 사는 것 같아서, 그리고 진짜 말 그대로 '이슬을 먹고' 살기에 정말 멋진 것 같아서 부러워집니다.

위와 같은 이유로 만약 장난으로 이끼를 긁어서 떼어냈다 하더라도 다시 조용히 원래대로 돌려놓고 위에서 가볍게 두들겨 주면 대개는 괜찮아집니다.

그래도 함부로 긁어내지는 말아주세요.

저는 '오카야마 이끼 모임'이라는 이끼 관찰과 연구, 이끼 정원, 이끼 사진 등에 관심이 있는 사람들의 모임에서 관찰과 연구를 주로 하는 분과에 소속되어 있습니다.

이 모임은 이끼 연구로 밥벌이를 하는 진짜 학자 선생님을 중심으로 꽤 학술적인 활동도 하는 모임이지만 막연히 '왠지 이끼가 좋아서' 가입한 저 같은 초심자도 매우 친절하게 대해주는 곳입니다.

이 모임에서 저는 현재 초보 단계인데 '한번 보기만 해도 그 이끼의 이름을 알 수 있는' 수준을 목표로 활동하고 있습니다. 애초에 '내가 왜 이끼에 관심을 갖게 되었지?' 생각해보니 고등학생 때 아무 생각 없이 들어간 생물 동아리에서 당시 지도교사의 전공 분야였던 변형균(숲속 썩어서 쓰러진 나무 등에 피는 균류의 일종. 일생동안 동물적인 시기와 식물적인 시기가 있는 매우 매혹적이며 재미있는 생태를 지니고 있다. 점균이라고도 한다)을 채집하려고 여기저기 산으로 따라다닌 일이 계기가 되었습니다.

변형균의 다채롭고 다양한 모습에는 사람의 마음을 빼앗는 무언가가 있습니다. 하지만 장마철에 잠시 비가 갠 틈을 타서 잡목 숲에 들어가 엉거주춤 기어 다니면서 찾아내야 하고, 더군다나 크기가 너무 작아서 숙달되지 않았거나 감이 없으면 찾아낼 수 없습니다. 그래서 저 같은 심지 약한 사람이 개인적인 취미로 하기에는 조금 심오하고 까다로운 세계라서 중간에 그만 좌절해버렸습니다.

그때 문득 깨닫게 된 것은 이끼는 언제 어디서든 '당연'한 듯이 '그 자리'에 있다는 사실이었습니다. 제가 본격적으로 이끼 관찰을 시작하게 된 이유도 관찰 방법이 변형균 관찰법과 거의 같고, 더구나 찾기가 훨씬 더 쉽다는 안이한 이유 때문이었습니다.

그러나 정작 본격적으로 시작해보니, 이끼라는 존재는 그런 이과적인 관심사를 뛰어넘는 의미가 있었습니다. 이끼는 꽉 차는 것을 좋아하지 않고, 그늘과 구석에 마음을 쓰고, 우리 생활과 정신에 깊숙하게 얽혀 있는 불가사의한 존재감을 지니고 있다는 사실을 알게 되었습니다. 바로 그 점이 제가 이끼에 끌리게 된 가장 큰 이유 같습니다.

그리고 이끼든 변형균이든 일상에서 별로 사람들 눈에 띄지 않는 존재지만 조금만 더 관심을 가지고 살펴보면 그 다양성과 생태가 놀랄 정도로 드라마틱합니다. 겉으로 보이는 모습과 실제 모습의 큰 차이가 정말 매력적입니다. '은화식물(또는 민꽃식물)' 중의 '은화식물'이라고 불릴만 합니다.

이끼 식물은 정식 명칭으로는 '선태류'라고 하는데 뻐꾹이끼 등으로 대표되는 선류와 우산이끼 등의 태류, 그리고 여러 종류의 뿔이끼류를 포함합니다.

한편, 오래된 나무줄기와 돌담 등에 딱 붙어 있는 녹회색이나 탁한 황색의 이끼 같은 것이 있는데 이것은 '지의류'라고 하며 물속에 생기는 녹조와 가까운 생물입니다.

우리는 이끼가 끼는 곳이라고 하면 금방 숲속의 어둡고 습한 장소를 떠올립니다. 분명 대부분 이끼가 그런 곳을 매우 좋아하는 건 사실입니다만, 뜻밖에 그렇지 않은 곳에서도 생겨납니다. 예를 들면 거리에서 흔히 볼 수 있는 은이끼는 어디에서든 생겨납니다. 이름 그대로 주위의 녹색이끼와는 확실하게 구별되는 인상적이고 아름다운 은백색이라서 작은 종류지만 멀리서도 쉽게 찾아낼 수 있습니다.

이 은이끼는 비교적 볕이 잘 드는 곳을 좋아하고, 가혹한 환경에도 별 어려움 없이 적응할 수 있는 매우 강한 종류입니다. 도심의 포장도로, 조용한 산속, 후지산 정상, 심지어는 소수의 태류 말고는 자랄 수 없다고 알려진 남극에서까지 생겨난다고 합니다. 참 대단합니다.

그렇지만 이끼 관찰의 묘미는 역시 산을 걷는 일입니다. 사람의 발길이 거의 안 닿은 울창한 원시림이 남아 있고 근처에 폭포까지 있어서 대기 중 습도가 높은 숲속은 말할 것도 없습니다. 그런 곳은 조금 멀리서 봐도 왠지 푹신푹신한 분위기가 감돌고 있습니다.

조금 더 가까이 가면 한 알 한 알 눈에 보일 정도로 차가운 수증기 알갱이가 피부에 스며들어 오는 것 같아서 이상한 안도감과 약간 숨이 막히는 느낌을 받습니다.

여러 가지 종류의 이끼가 모두 다 정말로 싱싱하고 기분 좋아 보여서 나무이끼라는 이름의 커다랗고 아름다운 이끼, 야외에서도 맨눈으로 중간엽 세포를 볼 수 있는 얇고 부드러운 잎을 가진 기름종이이끼 등 일부러 멀리까지 간 보람을 느낄 수 있게 해주는 이끼들을 볼 수도 있습니다.

그런 곳이니까 그냥 이끼를 바라보며 걷기만 하는 편이 아마도 훨씬 기분 좋겠다고 생각하시겠지만, 저는 일단 '한 번 보기만 해도 그 이끼의 이름을 알 수 있게 되는 것'이 목표이기에 이끼를 보기 위해 하는 등산이 그다지 즐거운 일만은 아닙니다.

지도를 펼쳐서 대충 목적지를 정하고 나면, 운전을 못 하는 저는 우선 친구를 잡고 늘어져서 억지로라도 "할 수 없군" 하고 함께 가주겠다는 승낙을 받아냅니다. 그리고 나서 돋보기, 채집 봉투, 소형 나이프, 나침반, 고도계, 수첩, 필기구를 준비해서 출발합니다(이 경우 제가 함께 가자고 부탁한 친구는 반드시 얌전하고 느긋한 성격이 아니면 안 됩니다).

목적지에 도착한 다음에는 그저 아래만 바라보고 걸을 뿐입니다. 우선 눈길은 항상 자기 무릎 아래로 향하게 해서 좌우를 힐끗힐끗 보면서 한 걸음 한 걸음 앞으로. 그러다 무언가를 발견하면 돋보기를 한쪽 눈에 대고 허리를 구부리고 기어서 "초롱이끼 종류인가? 음, 이쪽은……" 같은 혼잣말을 하면서 이리저리 뜯어봅니다. 하지만 이끼는 정말로 작은 생물이어서 뚜렷하게 구분하기 어려운 데다 저는 초심자여서 대부분 '이것과 이것은 다르다'는 정도밖에 알지 못합니다.

그래서 준비한 채집 봉투에 이끼를 겨우 손가락으로 한 줌 정도 넣어 벌레문고로 가져와서 도감을 찾아보고 현미경으로 들여다본 다음에 이름을 붙여 갑니다.

이름을 '붙인다'는 것은 종을 확인하는 일이지 자기 마음대로 좋아하는 이름을 붙인다는 뜻은 아닙니다. 그러나 이끼 이름 가운데는 뭉게뭉게이끼라든가 땅위구슬이끼처럼 아무리 생각해도 그냥 적당히 붙인 거라고밖에 생각할 수 없는 이름도 적지 않습니다.

채집과 이름 붙이기 단계뿐 아니라 현미경으로 이끼를 관찰하는 단계도 커다란 즐거움 가운데 하나입니다. 페티시즘적인 색기가 느껴질 정도로 정교하게 만들어진 정밀 핀셋으로 맨눈으로는 구분되지 않는 작디작은 이끼 이파리를 하나하나 땁니다. 그리고 그것들을 두 장의 유리 사이에 끼워서 표본을 만들어서 잎 모양과 엽신세포를 확인합니다.

"이끼의 아름다움은 현미경 안에 있다"라는 말처럼 접안렌즈로 천천히 초점을 맞추다가 불현듯 이미지가 딱 하고 잡힌 그 순간은 마치 현기증이 나는 것처럼 왠지 내 몸의 크기나 무게조차 느껴지지 않을 정도로 굉장히 기분 좋은 느낌이 온몸에 퍼져나갑니다. 정말이지 끝내주는 순간입니다. 저는 '언젠가 저 끈적끈적한 녹색 세포의 바다에 저도 함께 섞일 수 있다면……' 하는 소망을 품고 있습니다.

그래서 걸핏하면 옆길로 새면서도 조금씩 조금씩 이끼에 이름을 붙이고 있습니다. 추운 날씨 때문에 좀처럼 밖에 나가고 싶지 않은 한겨울이야말로 이 일을 하기에 안성맞춤이라서 한겨울이 되면 그때까지 채취해 놓은 표본 예비군을 조금씩 정리하기 시작합니다. 차갑고 조용한 한밤중이면 가끔 우쭐해져서 양치균 재킷 사진이 아름다운 에드거 프로제 (Edgar Froese)의 LP「ypsilon in malaysian pale」을 틀어놓습니다. 체감온도가 더욱 내려가는 듯하고, 시간 감각마저 잃게 만드는 고요한 미니멀 뮤직의 세계에 빠진 채 현미경을 들여다보고 있으면 세포까지도 황홀해져서 이끼 분류 작업이 제대로 진행되지 않습니다.

그럭저럭 겨우 정체를 알아낸 이끼는 학명, 일반 명칭, 채집 장소, 생육기물(자라난 곳. 예를 들면 바위 위라든가 나무 그루터기 등) 등 필요한 정보를 적어 넣은 표본 라벨을 붙이고 제 표본고에 보관합니다. 이것으로 일단은 작업 완료.

솔직히 꽤 귀찮은 과정입니다. 그러나 이렇게까지 해야 괜찮은 과학 표본이 되고, 자연의 일부를 사유화하는 정당한 이유가 되고, 그래야 채집자로서 당연한 윤리를 지키는 것이라는 의견에 동의하기 때문에 어떻게든 노력하고 있습니다.

그런데 표본이 된 이끼는 이렇게 건조한 상태로 얼마간 '잠자고' 있을 뿐이라고 합니다. 어떤 계기로 환경 조건이 맞으면 다시 아무 일도 없었다는 듯이 멀쩡하게 다시 포자를 날리고, 싹을 틔우고, 그 싹이 자라서 다시 포자체를 만들고…… 하는 라이프 사이클을 거듭하는 일도 가능하다고 합니다.

이끼 식물은 균류와 조류와 양치식물의 중간쯤 되는 생물인데 동물에 빗대면 양서류와 같은 존재. 몇억 년 전에 처음으로 바다에서 뭍으로 올라온 식물이라고 합니다.

그랬던 식물이 지금도 우리 주위에서 아무렇지도 않게 살아 있는 모습을 보면 나가세 기요코의 「이끼에 대하여」라는 시에 있는 "아, 인간은 졌구나"라는 시구가 떠오릅니다.

그렇다고 이끼한테 이기고 싶은 마음이 드는 건 아닙니다. 그러나 우리 인간이야말로 정말로 무너지기 쉽고 미덥지 못한 존재라는 사실을 깨닫고 나면 땅바닥에 아슬아슬하게 붙어 있으면서도 누구 하나 귀찮게 하는 일 없이 조용하고 깔끔한 삶을 이어가고 있는 이끼의 흔들리지 않는 든든함 앞에서 왠지 부끄러워집니다.

물론 항상 이런 생각을 하면서 이끼를 보고 있는 건 아닙니다. 그러나 공원이나 강가를 어슬렁거리면서 이끼를 멀리서 바라보거나, 앉아서 멍하니 이끼를 쓰다듬거나 하는 시간은 그렇게 우아하지는 않은 저의 일상 속에서 게으름뱅이인 제가 무언가 빠뜨리고 살아가고 있다는 사실을 깨우쳐줍니다. 그리고, 살아가면서 때로는 제가 일부러 못 본 척한 것들과 새삼스레 마주하게 해주고, 그것들을 손에 주워들게 해주고, 되도록 사랑스러운 눈으로 바라보게 해줍니다. 그런 행위들을 하는 동안 살짝 마음이 아파지는 과거의 일들을 떠올리기도 합니다.

저는 태어나고 자란 구라시키 시에서 '벌레 문고'라는 헌책방을 하고 있습니다. 몇 년 전에 옮겨온 지금의 가게가 있는 곳은 어릴 때부터 내 산책 코스이기도 합니다. 츠루카타 산이라는 낮은 구릉지를 등지고 지어진 가게 건물은 구라시키 시가지 안에 둥실 떠 있는 섬 같은 서낭신 숲에 속해 있는데, 가게에서 보이는 뒷마당은 산기슭의 돌축대가 마치 내 집의 일부처럼 둘러싸고 있는 그늘이 잘 지는 멋진 정원입니다.

덕분에 이전부터 좋아해서 키우고 있던 양치류와 이끼가 얼마나 잘 자라는지. 이 사실만으로도 이사 온 보람이 있다고 생각할 정도입니다.

지금은 원래 그 자리에 있던 덩굴식물을 포함해서 그냥 놔두어도 잘 자라는 식물만 키우고 있습니다. 당분간은 이대로 이 상태를 즐기려고 합니다. 그러나 요새는 '뜰'이라든지 '정원'을 꾸미는 일에도 관심이 생겼습니다. 섬나라인 일본에서는 옛날에는 '뜰'과 '섬'이라는 말이 같은 뜻으로 사용되었다고 합니다. 섬 같은 숲에 있는 우리 집 뜰. 그런 생각만 떠올려도 왠지 감동이 밀려옵니다.

'그럼 자그마한 뜰이라도 만들어 볼까?' 하는 생각도 들지만, 세계에서 가장 오래되었다는 헤이안 시대(794년 간무왕

이 교토로 천도한 때부터 1185년 가마쿠라 막부를 개설한 1185년까지의 일본 정권 — 옮긴이)의 조경 기술서에는 "정원을 만들려면 돌에게 허락을 받아라"라고 적혀 있습니다. 말하자면, 자연이 바라는 대로 두라는 말입니다.

'아, 그렇다면 역시 이대로 두는 게 좋겠네'하고 게으름뱅이인 저는 옛글마저 제가 편한 쪽으로 해석해버립니다. 그러니 저도 저 자신이 별로 미덥지가 않습니다.

성경과 붉은 아저씨

하지가 지났지만 아직은 해가 긴 계절. 손님이 오든 안 오든 '슬슬 닫아 볼까' 하면서 내멋대로 가게 문을 닫을 수 있는 일은 정말로 기쁜 일입니다.

아직 이곳으로 가게를 옮기기 전의 일입니다만, 저녁때가 되면 가끔 오시는 노동자 스타일의 몸집이 자그마한 아저씨가 있었습니다.

일 끝나고 역 앞의 선술집에서 한잔 걸치고 집으로 가시는 길인듯 언제나 벌건 얼굴.

"미안혀, 술 냄새 풍겨서"라는 말씀을 하시면서도, 구입하시는 책은 거의 『그래도 성모는 믿었다』 같은 기독교의 여러 교단에서 나온 약간 매니악하고 딱딱한 책들.

『성경』은 여러 종류별로 가지고 계시는지 "이건 집에 없지"라고 나직이 중얼거리는 소리가 들리기도 했습니다.

"책 같은 거 사 가면, 술 마시고 오줌으로 나가는 편이 그나마 낫다고 마누라한테 혼나는 데 말이야"라며 웃으시면서, 오실 때마다 한 권 두 권씩 작업복 주머니에 꾸겨 넣어둔 쭈글쭈글한 지폐를 꺼내서 계산해 주셨습니다.

별말 나누지 않았지만 어쩐지 좋은 아저씨였습니다.

그때 저는 주 4일 정도 우체국에서 야간 아르바이트를 하고 있었습니다. 오후 7시부터 10시까지 세 시간 정도 일했기 때문에 아르바이트가 있는 날은 조금 일찍 가게를 닫아야 하는데, 손님은 그렇게 내 맘대로 시간을 맞춰서 오고 가고 해주시지 않습니다.

모처럼 책을 열심히 고르고 계시는데 "죄송합니다. 오늘은 슬슬 닫아야 해서" 하고 손님을 돌려보낸 적도 종종 있었습니다.

책방 매출만으로 부족해서 다른 아르바이트를 하는 형편이었는데, 참 이게 도대체 무슨 일인지 한심해서 견딜 수가 없었습니다.

어느 날, 그날도 우체국 일이 있어서 슬슬 닫아야지 하고 있는데 그 아저씨가 들어오셔 버린 겁니다. 아저씨는 술이 들어간 상태이기도 해서 원래 가게에 머무는 시간이 깁니다. 시계를 보니 출근 시간까지 앞으로 40분. 우체국까지는 자전거로 달리면 10분 정도 거리지만 도중에 신호에 걸리거나 사무실에 가서 출근부에 도장을 찍거나 하는 일을 생각하면, 적어도 15분 전에는 가게를 나와야 시간을 맞출 수 있습니다. 앞으로 남은 시간은 25분.

'제발 20분 안에 책을 골라 주세요', 그렇게 기도하는 마음으로 안절부절못하며 계산대 앞에 앉아 있었는데 역시 그런 바람도 시간이 다 되어 허망하게 날아가고.

"저기, 죄송합니다. 오늘은 이제 문을 닫아야 해서요……" 하자 아저씨가 "아. 미안" 하면서 가게를 나가셨습니다.

아저씨는 일 끝나고 작업복을 입은 채 벌건 얼굴을 하고 헌책방에 오는 걸 미안해하시는 것 같았고, 항상 "이렇게 더러운 꼴로 술 마시고 와서 미안혀"라고 하셨습니다. 혹시 제가 당신을 싫어한다고 생각하셨을지도 모릅니다. 아저씨의 발걸음은 그 후로 뚝 끊겼습니다.

그로부터 1년도 안 돼서 가게를 이곳으로 옮겼습니다. 아저씨가 일 끝나고 집에 가시는 길에 들르던 그곳의 벌레문고도 없어져버린 겁니다.

얼마 전에 지금 가게 근처에서 그 아저씨를 보았습니다. 오전 10시 정도였는데, 때마침 휴식 시간이었겠죠. 현장 동료로 보이는 사람들과 이쪽으로 걸어오고 계셨습니다. 시간이 시간인 만큼 얼굴이 벌겋지는 않으셨지만 분명히 '성경 아저씨'였습니다.

"아, 아저씨다" 하면서 열심히 아저씨 쪽을 보았습니다. 순간 눈이 마주친 것 같았는데 아저씨는 몰라보시는 것 같았습니다.

생각해보니 가게를 옮긴 지도 이미 몇 년이나 지났고 아저씨가 들르시던 그 가게는 벌써 없어졌습니다. 저를 몰라보시는 것도 이상한 일은 아닙니다.

문 닫기 직전, 벌써 한 시간이 넘도록 이리저리 책을 뜯어보면서 버티고 있던 손님에게 결국 100엔짜리 문고본 책한 권도 팔지 못하고 하루가 끝나는 경우도 드물지 않습니다. 그렇지만 역시 책이 팔리고 안 팔리고는 둘째 치고, 이렇게 마음껏 가게를 열어 두고 있을 수 있는 것만으로도 행복한 일이라고 생각합니다.

책을 팔아주세요

전통 옷을 입은 여성이 램프 아래에서 열심히 책을 읽고 있는 근대 낭만주의 스타일의 일러스트에 "책을 팔아주세요"라는 카피가 들어간 포스터를 오래전부터 계산대 옆 벽에 붙여 놓고 있습니다.

원래는 근처 선배 업자가 운영하는 '헌책방 도쿠라쿠칸'에 붙어 있던 건데 언젠가 엉뚱하게도 제가 받아 왔습니다. 이 포스터, 헌책방을 시작하기 전부터 도쿠라쿠칸에 가면 제가 항상 넋을 잃고 쳐다보던 포스터입니다.

바로 작년 이맘때 일입니다. 한 부부가 들어오셨을 때 왠지 제 고서 스승인 요코하마의 '잇소도 이시다 서점'의 이시다 부부가 떠올랐습니다. 다시 보니 별로 닮지도 않았고 나이도 이분들 쪽이 훨씬 젊은 것 같았습니다. 그 생각과 동시에 '아냐, 헌책방 주인이라기보다는 화랑 주인인 것 같은데'

라는 생각이 들었는데, 뭐랄까 그래도 그 두 사람 사이에 흐르는 공기 같은 것에서 어딘가 '고서적상 부부'라는 느낌을 받았습니다.

잠시 가게 안을 둘러보시고 따로따로 책을 사셨는데 남자분께서 그 포스터를 보시고 "와, 반가운 게 있네"라고 하셨습니다.

제가 "아, 그건 조합에서……"라고 하자 "저도 조합원이에요"라고 하십니다(정작 저는 사실 조합원이 아닙니다만).

놀라서 여쭤보니 뜻밖에도 도쿄의 '에비나 서점' 분이었습니다.

원래 제가 신세를 지고 있는 헌책방에 붙어 있었던 포스터인데 제가 받아온 거라고 말씀드리자, "전국고서연합이던가? 아냐, 메이지 고전회…… 아냐, 역시 전국고서연합 큰 시장 때네. 그 포스터 제가 부탁해서 만든 거예요, 상당히 오래전에"라는 겁니다.

나도 모르게 뛰어오를 듯 놀라서 더 자세한 이야기를 듣지 못한 게 지금 생각하면 아쉽지만 어쨌든 '고서적상 부부' 같다는 첫인상은 역시 틀리지 않았던 겁니다.

사실대로 말하자면 처음에 서점 이름을 듣고 바로 '와, 그 에비나 서점!'이라는 생각만 했지, 글쎄 제가 도대체 어디서 그 이름을 알게 되었는지 또 그 서점의 전문 분야는 무엇인지 하는 정작 중요한 정보들은 곧바로 생각나지 않았습니다. 저도 참 엉터리지요.

그런데 그날 밤, 슬슬 자려고 이불 속에 들어가서 머리맡에 이것저것 쌓여 있는 책 가운데 그냥 『샤쿠지 서림 일기』를 손에 잡았습니다. 이제까지 몇 번이나 되풀이해서 읽은 책이어서 아무 페이지나 펼쳤습니다. 펼친 순간 "앗!" 하는 소리가 나왔습니다.

그 페이지에는 미술서를 닥치는 대로 사 모은 이 책의 저자 우치보리 씨가 그 책들을 가지고 미술서를 전문으로 다루는 에비나 서점에 가 보니까 여태까지 책들을 상당히 비싼 값에 사왔더라는 사실이 밝혀지는 대목이 있었습니다. 남의 일 같지 않은 일이기도 했고, 한편으로는 '우치보리 씨 정도 되는 분도 그렇게 실수를 할 때가 있구나' 하고 왠지 저 스스로가 헌책방 주인으로서 수명이 늘어난 것같이 느껴지는, 제가 좋아하는 에피소드입니다.

에비나 서점이라는 이름은 바로 이 책에서 보았던 것입니다. 그리고 '화랑 주인 같은' 인상도 반드시 틀린 것만은 아니었던 겁니다.

그러고 보니 이전에 어느 베테랑 헌책방 주인이 "요전에 이끼 연구자가 소장했던 책이 한꺼번에 나와서 말이야, 어지간하면 사서 당신한테 보낼까 했는데, 역시 아무리 생각해도 값을 제대로 매길 수가 없어서 결국 도매시장에 내놔 버렸어"라고 했던 적도 있습니다.

아깝다고 하면 아까운 일이지만 그 마음은 아플 정도로 잘 압니다. 내친김에 말하면 저는 그 '수많은 이끼 책을 내놓은 연구자'가 어떤 분인지까지 대번에 짐작이 갔습니다. 척하면 척인 거죠.

중고서적 전반을 다루는 '동네 헌책방'인 우리 가게에 '전문'이라는 말을 붙일 수는 없지만, 평소 취급하지 않는 전문 장르의 책에 가격을 매기는 일은 마치 모르는 언어로 쓰여 있는 책을 읽어 보라는 말을 들은 것처럼 뭐라 말할 수 없는 무력감이 느껴지는 일입니다. 손님이 팔려고 가져온 책을 앞에 두고 마음속으로 진땀을 흘리면서 가격을 매기는 경우가 자주 있기도 하고.

그래도 헌책방을 하면서 가장 즐거운 일은 평소 자신의 관심 범위 안에서는 도저히 만날 수 없는 책과 만날 수도 있는 일이라고 생각합니다.

그런데 그로부터 얼마 지나지 않아 생각지도 않게 에비나 서점에서 편지가 왔습니다.

"가게 청소를 하다가 귀 점포에서 본 포스터의 '완전판'이 나와서 증정합니다."

처음 만들었을 때와 똑같은 번쩍번쩍한 포스터가 함께

들어 있었습니다.

에비나 서점이 디자이너인 Y씨에게 부탁해서 만들었다고 하는데 Y씨에게 그 포스터가 붙어 있는 가게를 구라시키에서 봤다고 하니까 매우 기뻐하셨다고 합니다.

그리고 저는 답례 편지에 "이제 와 생각해보니 저는 그 포스터에 반해서 헌책방을 하게 되었던 건 아닌가 하는 생각이 듭니다"라고 써서 보냈습니다.

오카야마 문고에 대해서

"어, 뭐죠 이건! 이런 책이 있었나요!"

저희 헌책방은 관광지 한구석에 있어서 다른 지역에서 오시는 분들이 많습니다. 관광철이 되면 책방 손님이라기보다는 거리를 산책하다가 가볍게 들르거나 하는 분들이 많아집니다.

계산대 바로 앞에 있는 '오카야마 문고' 코너는 책을 좋아하는 분들에게도, 그렇지 않은 분들에게도 눈에 잘 띄는 모양입니다. 손님들에게 그것에 관해 간단하게 설명해 드리면 "좋겠다. 우리 현에도 있으면 좋을 텐데"라고 감탄하시거나 재밌어하시며 이것저것 질문하십니다. 오신 김에 '오카야마 기념품'으로 사 가시는 분들도 꽤 있습니다.

오카야마현의 백과사전이라는 오카야마 문고는 오카야

마의 교육 도서와 학생수첩을 주로 발행하는 '일본문교출판' 창립 15주년인 1963년에 기획되어 이듬해부터 간행되었습니다. 290권을 넘겨 오늘날에도 계속 출판되고 있습니다. 오카야마에 사는 사람이라면 대부분 언젠가 어딘가에서 본 적이 있는 시리즈입니다.

오카야마 문고는 사진이 많이 들어간 실용적인 문고 시리즈입니다. 주로 다루는 주제는 자연, 역사, 문화, 풍속 등등. 『오카야마의 새』, 『오카야마의 성과 성터』 등 정통적인 책부터 『오카야마의 중학교 운동장』 같이 저절로 고개를 갸웃하게 만드는 좀 마니악한 책까지 다양합니다. 이를테면 이 운동장 책은 오카야마 현 내의 중학교 운동장 크기, 조감도와 사진 그리고 운동장마다 특색이 짧은 코멘트 형식으로 덧붙여져 있습니다. 저자는 1932년생인 체육 선생님. "야외 운동장에 관심을 가지기 시작한 지 어느덧 30년, 정말로 운동장은 살아 있다고 느낀다"라는 첫 문장도 참 굉장하다고 생각합니다.

제가 항상 옆에 두고 있는 책은 『기야마 쇼헤이의 세계』. 오랫동안 품절이었는데 다행히 최근 재판이 발행되었습니다. 이 밖에도 오카야마 출신 문학가의 책은 스스키다 규킨, 우치다 햣겐, 사이토 산키 등.

『오카야마의 천문기상』은 천문학자와 기상학자가 함께

쓴 책이며 천문 쪽을 맡은 분은 『천문대 일기』와 『천문가의 세상살이』 등의 책을 쓴 이시다 고로. 오카야마 천체물리관측소에서 창립 때부터 오랫동안 근무하셨습니다.

『오카야마의 석회칠 그림(고테에라고 하며, 석회를 흙손으로 발라서 만든 부조. 부를 축적한 상인 또는 어선 선주가 부의 상징으로 본채 또는 창고 외벽에 그려 넣었다 ― 옮긴이)』, 『오카야마의 목조 학교 건물』 같은 책은 보고 있기만 해도 즐거워지고 최근 출판된 책 가운데는 『오카야마 요괴 사전』이 마음에 듭니다. 소인간(사람과 소가 합쳐진 모양새의 요괴 ― 옮긴이), 팥 씻기(아즈키 아라이, 팥 씻는 것 같은 소리를 내는 요괴. 강 등의 물가에 출몰 ― 옮긴이), 정강이 스치기(스네코스리, 밤길 가는 사람 발밑을 스치면서 지나가는 요괴. 개와 비슷한 모습이고 비 오는 밤에 나타난다 ― 옮긴이) 등의 요괴가 실제로 현 내의 어느 지역 어디쯤에서 목격되었다든가 또는 그런 전설이 있다든가 하는 얘기를 현지 사진을 곁들여서 자세하게 설명해 놓아서 책을 읽다 보면 저절로 그곳에 가보고 싶어집니다.

한낱 헌책방 주인인 제가 다 알 수는 없겠지만, 제가 느끼기에 오카야마 문고 시리즈는 은근히 팬이 많고 인기가 높습니다. 보통은 사들이는 책 가운데 몇 권씩 띄엄띄엄 섞여 있는 편인데, 어쩌다 한 번씩 1권에서 260권까지 완전한 상태로 들어올 때도 있습니다. 원래 이 문고는 회원제 판매여서 한번 구입 신청하면 각각의 주제에 흥미가 있든 없든 발행될 때마다 배달되고 책이 쌓여 갑니다. 그리고 간행된 지 50년이 지난 지금은 이런저런 사정으로 전질이 헌책방에 들어오는 경우도 늘어나고 있습니다.

제가 철들 무렵에 책이 서점에 꽂혀 있는 걸 본 기억이 있으니 아마도 어느 시점부터는 서점에서도 오카야마 문고를 판매하기 시작한 모양입니다.

지금도 비교적 큰 신간 서점의 향토 코너에는 대개 놓여 있어서 눈에 띄면 멈춰 서서 내가 모르는 책은 없는지, 최신간은 무엇인지 확인합니다.

저희 가게에도 최근 몇 년간은 백 권 정도 진열해 놓았는데, 오실 때마다 확인하시는 분도 적지 않고 전질을 구하려는 분도 있다는 얘기를 들은 적도 있습니다.

그런데 손님 가운데 고서에 대해서 잘 아시는 분들이 때때로 "뭔가 컬러북스(컬러 사진을 많이 사용하여, 읽는 문고판에서 보는 문고판을 지향한 시리즈물. 1962년부터 37년간 909권 발행 — 옮긴이) 같네"라고 하신 적이 있습니다. 실은 저도 고등학생이 되어서야 이 두 가지 책이 완전히 다른 책이라는 사실을 또렷이 알게 되었습니다. 오카야마 문고의 가느다란 세로 문양이 있는 비닐 커버 장정이라든가 본문에 쓰이는 아트지는 그 모습이 마치 컬러북스를 떠올리게 합니다.

조사해보니 컬러북스 1호인 『히말라야』가 1962년에 나왔고 그로부터 2년 뒤 오카야마 문고의 제1권 『오카야마의 식물』이 나왔습니다. 아마도 컬러북스의 평이 좋아서 모델로 삼은 게 아닌가 생각합니다.

단, 오카야마 문고는 컬러가 아닙니다. 1975년경에 나온 어떤 책의 저자에 의하면 "도감 같은 내용이어서 컬러가 아닌 점은 유감이었으나 그 시대에는 아직 컬러로 책을 만들기가 쉽지 않았다"고 합니다. 또한 2008년에 나온 제255권 『빗츄 후키야를 걷는다』부터는 장정이 새로워져서 커버가 코팅지로 바뀌었습니다.

애착을 느끼던 비닐 커버가 없어진 일은 안타깝지만, 헌책방 입장에서는 시간이 지나면서 비닐이 노래지고 줄어들어 커버가 뒤틀리거나 구석에 모래와 먼지가 쌓여 애먹는 일들이 없어져서 손질하기 쉬워진 점은 잘된 일 같습니다.

벌써 몇 년 전, 당시 진보쵸(일본 최대의 헌책방 거리 — 옮긴이)에 있었던 지방·중소출판유통센터의 안테나 숍인 '쇼시 액세스'에 갔을 때 일입니다. 계산대 쪽을 보니 오카야마 문고가 1권부터 최신 호까지 꽂혀 있어서 깜짝 놀랐습니다. 가게 분이 오카야마 출신자가 아니라도 관심을 가지는 분이 많다고 말씀하셔서 기뻤고, 태어나서 처음 간 진보쵸에서 우연히 고향 사람을 만난 것 같은 안도감을 느낀 일도 지금까지 잊을 수 없습니다.

저는 태어난 곳도 자란 곳도 오카야마지만 부모님이 모두 효고현 출신이어서 오카야마에 대한 자부심 같은 건 적다고 스스로 생각해왔습니다. 그렇지만 이 일을 겪고 나서 '아, 역시 나는 오카야마 사람이구나' 하고 절실히 느꼈습니다.

일본문교출판 홈페이지를 보니 오카야마 문고는 '계속 간행 예정'으로 되어 있어서 앞으로도 은근히 기다려집니다.

기적의 과일

얼마 전에 벌레문고에서 3년 만에 도모베 마사토 씨의 두 번째 라이브 공연이 열렸습니다.

좁은 헌책방 안에 둥근 의자를 놓으면 겨우 35석. 일단 자리에 앉으면 움직일 수 없는 상태가 되어버리는 마이크를 쓰지 않는 언플러그드 공연. 맨 뒷사람도 겨우 4미터 정도 되는 거리에서 연주자를 볼 수 있는 사치는 어디서나 쉽게 누릴 수 있는 일은 아닙니다.

벌레문고는 매장 부분이 약 6평이고 계산대가 2평입니다. 주인 혼자서 꾸려나가는 헌책방으로서는 딱 알맞은 크기지만 여기서 라이브 공연까지 한다고 말하면 모두 놀랍니다. 서른 명이 넘게 들어간다고 말하면 "도대체 어떻게?"라며 대부분의 사람이 믿을 수 없어 합니다.

관객이 적을 때에는 책장을 그대로 두고 공연할 수 있지만, 관객이 서른 명 남짓이 되면 벽면 책장 이외에는 모조리 뒷마당으로 옮겨야 하는 큰 소동이 일어납니다. 더군다나 내가 좋아서 하는 일이라서 적자가 안 나면 다행일 정도로 벌이다운 벌이도 없습니다. "그럼 도대체 왜?" 하고 물으실 분도 있을 듯합니다.

애당초 헌책방에서 이벤트를 열어 보겠다는 생각은 '이왕 힘들게 월세를 내는 김에 이 공간을 이용해서 뭔가 다른 일을 할 수 없을까?' 하는 정말 쩨쩨하다는 소리를 들어도 될 만한 평범하고 알뜰한 생각에서 나온 겁니다. 언제나 나 혼자 가게를 지키고 앉아 있는 게 아깝다고 여겨졌기 때문입니다. 물론 '새로운 스타일의 헌책방을 지향한다'는 거창한 목표 같은 건 전혀 없었습니다.

가게를 시작했을 때 제가 그렸던 이상적인 헌책방 이미지는 예컨대 도쿄 근교 전철역 주변에 있는 것 같은 아무 특색 없고 고서 전반을 취급하는 약간 딱딱한 가게였습니다. 그러나 어깨너머로 일을 배워가면서 스스로가 할 수 있는 선에서 새로운 무언가를 찾다 보니 어느새 이런 일이 벌어진 겁니다.

덕분에 생각지도 못한 만남이나 일들이 생겼습니다. 이 책의 「방치된 브라우티건」이라는 글에도 썼지만, 도모베 마사토 씨와의 인연은 막 헌책방을 시작하려던 무렵 가게 가까이에서 열렸던 라이브 공연을 도와 드리면서 시작되었습니다. 그 후에 도모베 씨가 "가게에 진열해주세요"라며 많은 장서를 보내주신 생각지도 않은 일이 있었습니다(이 일은 『귀 기울이는 여행자』라는 도모베 마사토 씨의 에세이집에도 잠깐 나옵니다). 덕분에 지금도 서로 연락하고 있고, 또 이런 작은 헌책방에서 라이브 공연을 열 수도 있게 되었습니다.

그런데 지난번 라이브 공연이 끝나고 뒤풀이 회식 자리에서 생긴 일입니다. 그날 '대기실'로 썼던 평소에 여러 가지 물건들을 넣어 두는 2층 방에서 내려오신 도모베 씨가 "책장에 있는 아베 신이치의 『미요코 아사가야 기분(소설가 아베 신이치가 1971년 ≪가로≫ 3월호에 발표한 만화 작품으로서 1979년 900부 한정으로 세이린도에서 간행)』 멋지던데. 그 책 나도 갖고 있었는데 어느 사이엔가 없어져버려서"라고 하시는 겁니다. 저는 순간 "네에?" 하고 놀라버렸습니다.

왜냐면 그 책은 다른 사람도 아닌 도모베 씨 본인이 이전에 보내주신 책이기 때문입니다. 보내주신 200여 권 가운데 제가 팔지 않고 끝까지 남겨 두었던 두세 권 중에 한 권입니다. 잊을 리가 없습니다.

"그거 도모베 씨 책이에요."

이렇게 답하자 이번에는 도모베 씨가 할 말을 잊습니다.

2층에서 책을 갖고 내려와서 건네드리니 부인인 유미 씨와 함께 두 분이 이리저리 뜯어보시고는,

"이 책등이 탄 모양을 보니 확실히 우리 집에 있었던 것 같긴 한데"라고는 말씀하시긴 해도 여전히 납득이 잘 안 가시는 모양입니다. 『미요코 아사가야 기분』은 《가로》에 연재할 때부터 읽던 책이라 아주 좋아하고 애착도 있는 책인데, 그런 책을 스스로 남의 손에 넘겼다는 일을 믿을 수 없어 하시는 것 같았습니다.

그러나 도모베 씨가 소장했던 책이 틀림없다는 걸 확인하였고, 또 그 책이 그렇게 소중한 책이라는 사실을 안 이상, 이제 제가 가지고 있을 수는 없습니다.

어슴푸레 기억하기로는 도모베 씨가 그 당시 살고 계시던 단독주택이 낡아져서 헐어야 했고, 그 때문에 할 수 없이 이사해야 해서 책의 숫자를 줄여야 하는 사정이 있었던 것 같습니다. 아마 이 책은 그 혼란한 틈에 내놓는 책들 사이에 섞여 버린 거겠죠.

"괜찮으면 가져가세요"라고 제가 말씀드렸더니 그 책 이

제는 쉽게 구할 수 있는 책도 아니라고 하시면서 극구 사양하셨지만, "이 책 덕분에 지금까지 기죽지 않고 가게를 운영해 올 수 있었던 거니까 부디 가지고 가세요"라고 다시 간곡히 말씀드리자 겨우 받아주셨습니다.

이 책이 제 곁을 떠나는 일이 아쉽지 않다고 말하면 거짓말이겠지만, 그 아쉬움과 함께 제 맘속에 무언가 자부심 같은 것도 생겨났습니다.

생각해보면 '막 헌책방을 시작한 일개 팬'에게 스타가 책을 보내주신 일은 기적과도 같은 일입니다. 그 「기적의 과일(1994년에 도모베 마사토 씨가 발표한 앨범의 제목이자 수록곡 제목)」을 조금씩 조금씩 먹으면서 지금 이 자리까지 왔구나 하는 느낌입니다. 『미요코 아사가야 기분』이라는 책은 그 자부심의 상징 같은 것입니다. 그리고 저는 지금 그 씨앗에서 나온 작은 싹을 천천히 지켜가면서 키우고 있습니다. 이제부터는 제가 하기 나름이겠죠.

이렇게 가게를 시작했을 때 보내주신(책 속에 섞여 있던?) 『미요코 아사가야 기분』은 십여 년 만에 다시 도모베 씨의 책장으로 돌아갔습니다. 그리고 얼마 뒤 받은 편지에는 "그 책에 대해 완전히 잊어버리고 있었고 아직도 어떻게 잃어버렸는지 기억나지 않지만 고맙습니다"라고 쓰여 있었습니다.

문학 전집을 일괄 판매한 사연

　어느새 부쩍 늘어난 책 때문에 골치가 아파지기 시작한 요즘입니다. 책방인데도 책이 없는, 그야말로 안쓰러운 상태로 영업한 지 어언 10년. 개업 당시 처지를 알고 있는 친구와 지인들은 요사이 가게에 올 때마다 "책이 늘었네, 정말 많이 늘었어"하고 말합니다.

　팔리지 않는 책을 처분하려 할 때 우선 정리 대상으로 삼아야 하는 책은 백과사전이나 문학 전집 종류입니다. 우리 가게에도 오랫동안 가와데쇼보(현 가와데쇼보신샤)의 일본 문학 전집이 어정쩡하게 이가 빠진 것처럼 책장 위에 자리 잡고 있었습니다. 한 권당 200엔 정도를 책값으로 매긴 책들은 1년에 어쩌다 한두 권 팔렸지만 원래 모두 39권짜리라서 10년이 지나도 별로 줄어든 것 같이 느껴지지 않았습니다.

　이 전집의 원래 주인은 아버지였습니다. 1960~1970년대고도경제성장기의 전형적인 직장인 가정이었던 우리 집도 이런 전집류의 책들은 대부분의 다른 집과 마찬가지로 하나의 인테리어에 지나지 않았습니다.

자식에게 '참견도 안 하지만 돈도 안 준다'는 소신을 가진 아버지는 가게를 시작했을 때에도 거의 노터치였지만, 책장을 만드느라 고생하는 내 모습을 보고서는 전동 공구 사용법을 가르쳐주시고, 문학 전집은 "줄게" 하고 내주었습니다. 아마도 집에 놓아두기 거추장스러웠겠죠.

별로 모아 놓은 책도 없이 즉흥적인 생각으로 시작해버린 헌책방입니다. 일단 가지고 있던 400~500권으로 시작하긴 했지만, 그 후에도 책 사들이는 일이 만만치 않아서 늘 상품 부족으로 고민이 많았습니다.

불쑥 들어오신 손님이 이곳이 서점이라고는 생각도 않고 "여기는 뭐 하는 곳인데 이렇게 책이 많은가요?"라고 물어보셨을 정도였으니까 그 비참한 모습은 상상이 가실 겁니다.

그래서 그때는 거의 팔리지 않고 장소만 차지하는 전집이라도 고마울 따름이었습니다.

그런데 얼마 뒤 아버지가 갑자기 돌아가신 일을 계기로 부업으로 하고 있던 아르바이트를 과감하게 그만두고 헌책방에만 전념하게 된 무렵부터 갑자기 책이 늘어나기 시작했습니다. 그럭저럭 책들이 늘어나는 사이에 드디어 이 문학 전집도 한쪽 구석으로 밀려나는 신세가 되었습니다.

팔리지 않기만 하는 것은 오히려 나은 편이고 문학 전집을 진열해 놓으면

손님 : 우리 집에도 있는데 사 주시나요?

벌레 : 아니, 최근에는 전집류는 거의 안 팔려서…….

손님 : 그래도, 팔고 있잖아요.

벌레 : …….

이렇게 옥신각신하는 일도 잦아서 솔직히 꽤 귀찮습니다. 그러나 이건 다름 아닌 아버지가 물려주신 책들이고 이제까지 10년간 '헌책방다움'을 자아내는 데 한몫해준 책들입니다. 간단히 '자. 이제 처분하자' 하고 치워버리는 건 제 마음이 쉽게 허락하지 않았습니다.

그러던 어느 날, 이 고장 분으로 보이는 60세 전후의 남성이 책장을 보고 "저기 문학 전집……" 하시면서 관심을 보이십니다. 틀림없이 보통 때처럼 "이거 우리 집에도 있는데" 하실 거라고 생각하면서 마음의 준비를 하고 있는데 뜻밖에도 그분이 가격을 물으십니다.

"한 권에 200엔입니다"라고 답하자 "그렇게 싸요?"라며 한동안 말을 잇지 못한 후에 "이것도 반갑고, 저것도 반갑

네" 하시면서 전집의 3분의 2 정도를 책장에서 꺼내서 책값을 치르시고는 "근처에 사는 데 차를 가져올게요" 하면서 나가십니다.

갑자기 텅 빈 책장에 남겨진 3분의 1을 확인해보니 『이부세 마스지』, 『도쿠다 슈세이·마사무네 하쿠초』처럼 제 취향인 소박한 책들만 남았네요. 이 정도라면 이대로 진열해 놓아도 괜찮겠다고 생각하면서 우연히 눈에 띤 『오자키 가즈오·간바야시 아카쓰키·나가이 다쓰오』를 다시 읽어 보고 싶어서 책장에서 꺼내서 계산대 책상 위에 올려놓았습니다.

잠시 후에 아까 그 손님이 돌아오시더니 들어오자마자 "그냥 나머지도 전부 살게요"라고 말씀하시고는 말이 끝나기가 무섭게 책 권수만 확인하더니 순식간에 차에 실어버렸습니다.

버리고 싶어도 차마 버릴 수 없었던 드문드문 권수가 빠진 문학 전집이 한꺼번에 그것도 서른 권 가까이 팔렸으니 보통이라면 기뻐해야 할 장면이겠죠. 그런데 무심코 입에 나온 말은 "아, 전부 가 버렸네……"라는 한숨 섞인 한마디였습니다.

"굳이 다 가져가지 않아도 됐을 텐데"라며 염치없이 혼잣말을 하면서 계산대 의자에 앉아서 문득 책상 위를 보니, 그래요, 그렇습니다. 눈앞에는 아까 책장에서 빼놓았던 『오자키 가즈오·간바야시 아카쓰키·나가이 다쓰오』한 권이 남아 있었습니다.

이때의 기쁨은 더할 나위 없을 정도였습니다. 꾀죄죄한 전집 가운데 한 권일 뿐인데 책이 빛나 보이다니 이런 일은 앞으로도 없을 것 같습니다.

아버지는 옛날 사람이고 무뚝뚝하고 '멋'이라는 말과는 아주 멀리 떨어진 행성에 사는 것 같은 사람이었지만, 아마도 저세상으로 가서는 조금은 멋 부리는 일에 익숙해졌나 봅니다. '제법 멋지게 처리해주셨네' 하고 지금은 제 책장에 꽂혀 있는 그 책을 볼 때마다 그저 싱글벙글합니다.

5부

그리고 가게 보기는 계속된다

이끼와 고서의 길

"당신은 하루가 27시간 정도 되지요?"

조용한 헌책방의 계산대에 앉아 있는 저에게 농담처럼 말한 사람이 있었습니다.

'시간이 멈춘 것 같은 장소'란 말도 자주 듣습니다.

매일매일 상상도 할 수 없을 만큼 수많은 책이 나오고 있는 지금, 지방의 조그만 동네 헌책방 주인인 저에게 세상은 마치 책으로 가득한 태평양 같은 이미지입니다. 그렇다면 저 자신은 분명히 바닷가의 작은 조수 웅덩이 안에 있는 셈이겠지요. 마치 말미잘처럼 계산대에 들러붙은 채 여기로 우연히 흘러들거나 휩쓸려 온 책을 모아서 잠시 쳐다보고 나서 손질한 다음 가게 선반에 늘어놓습니다.

지금은 4~5년 전에 발간된 책이라도 출판사에서 금방 품절을 시키는 경우가 많습니다. 희귀본 같은 건 좀처럼 들어오지 않지만, 특별하게 무슨 전문 분야가 있는 게 아니라 중고 책 전반을 취급하는 이른바 '동네 헌책방'인 저희 가게도 새삼스럽게 책장을 둘러보면 이미 신간 서점에서는 살 수 없는 책들이 대부분입니다. 1950~1960년대에 많이 나돌던 문학 전집의 낱권도 가격을 매기면 겨우 100~500엔 정도밖에 안 됩니다. 그러나 어떤 전집의 마지막 권인 『명작집(다이쇼 시대편)』에는 미즈카미 류타로, 아라하타 칸손, 다다무라 도시코, 히라테 오사무, 가미쓰카사 쇼켄, 구메 마사오, 사사키 모사쿠, 도요시마 요시오, 우치다 햣겐, 하세가와 뇨제칸, 마에다카와 고이치로, 나카 간스케, 나가요 요시로, 이나가키 다루호, 이누카이 다케루 등의 작가가 한데 묶어져 있고 작품 해설과 각 작가의 연보까지 실려 있습니다. 개중에는 지금은 문고판으로도 읽을 수 없는 작가와 작품이 실려 있는 책도 있습니다. 이런 책들과 마주할 수 있다는 점에서 헌책방은 소박하지만 꽤 재미있는 세계입니다.

그렇지만 이런 소박하고 작은 일이 제가 먹고사는 직업이기에 '시간이 멈춘 것 같다'는 말도 아마 그리 틀린 말은 아닐지도 모릅니다.

그런데 제가 최근 『이끼와 걷다』라는 책을 냈습니다. 제 헌책방 한쪽에서 저와 친하게 지내고 있는 이끼의 생태와 관찰 방법을 사진과 일러스트를 섞어서 해설한 입문서 같은 책입니다.

이끼에 관한 책으로서 지금까지 나온 책들은 대부분 도감과 전문서지만, 이 책은 말하자면 좀 더 '문과' 쪽에서 바라본 식물에 관한 기본 지식을 중심으로 쓴 것입니다. 예를 들어 '엽록소'와 '배우체' 같은 단어들을 설명할 때도 먼 옛날 이과 수업에서 배운 기억이 가물가물한 사람들도 큰 어려움 없이 읽을 수 있도록 서술했습니다. 본문은 실제 체험에 바탕을 둔 에세이 풍으로 쓰고 해설 부분도 전문용어는 되도록 적게 쓰도록 유념했습니다.

생물 분야는 문자 그대로 살아 있는 것을 대상으로 삼기 때문에 과학적인 설명만으로는 딱 자를 수 없는 모호함이 있습니다. 그래서 오히려 그런 막연한 매력을 제가 어느 정도는 표현할 수 있지 않았나 생각합니다.

이 책을 쓰고 나서 "왜 헌책방 주인이 이끼 책을 내?"라는 질문을 받는 일이 많아졌습니다. 이 질문에 대해서는 책을 읽거나 책 그 자체를 좋아하는 것과 마찬가지로 단순히 이끼가 좋아서라고 대답할 수밖에 없습니다. 얼마 전 고서 세계에서도 잘 알려진 어느 서평가분이 "이끼를 보면 발을 멈춘다. 가까이 간다. 더 가까이 간다. 그때 평소에 보이지 않았던 것이 보인다. 고서와 닮았다"라는 감상을 주셨습니다.

바닷가에 서서 멀리 수평선 너머를 바라보면 사실 발밑

의 조수 웅덩이 같은 것은 눈에 잘 들어오지도 않지만, 문득 허리를 굽혀서 그 속을 들여다보면 거기엔 오직 그곳에만 있는 형형색색의 세계가 펼쳐져 있습니다. 그와 마찬가지로 늘 보던 풍경 속에서 이끼를 발견하고 가까이 가봅니다. 그러고 보니 이끼 관찰 초보자에게 "나무와 꽃을 보듯이 보면 안 돼요. 마치 활자를 쫓는 것 같이 초점을 맞춰서 찾아보세요"라고 충고하는 경우도 있습니다. 이끼와 고서의 세계는 이런 공통점도 있습니다.

이끼는 폭포 근처나 강가같이 습도가 높은 곳에 생겨난다는 이미지가 있습니다.

이끼는 태곳적에 바다에서 처음으로 뭍으로 올라온 풀이라고 일컬어지며 해조 등의 조류와 양치식물의 중간 정도에 위치하는 원시적인 식물입니다. 그리고 고등식물과는 달리 몸속에 수분을 비축하는 조직이 발달해 있지 않습니다. 이끼가 물이 많은 장소에 주로 생기는 까닭은 이 때문이겠죠. 다만 거리의 가로수와 바짝 마른 벽돌담에도 이끼가 끼는 이유는 바짝 마른 상태에서는 호흡과 광합성을 멈추고 다시 수분을 얻을 수 있을 때까지 '휴면'이 가능하다는 이끼의 특성 때문입니다. 그러한 특성 때문에 이끼는 몇 억 년 전 옛날부터 거의 모습을 바꾸지 않고 지금도 이렇게 우리 주위에 당당하게 피어 있는 것입니다.

"진화의 메인 스트림에서 어긋나 버린 선태류(이끼의 학명)는 겸손하게 독자적인 새로운 생활 환경을 만들어 냈다."

위 문장은 영국의 식물학자 코너 박사가 한 말입니다만 이보다 더 이끼의 특성을 적절하게 나타낸 말은 없습니다. 이 말은 몇 번을 읽어도 그때마다 가슴이 뭉클해집니다.

생각해보면 헌책방은 사회의 '메인 스트림'에서 한참 벗어난 장사입니다.

특히 저처럼 고서적상 조합에도 가입하지 않고 책 매입의 대부분을 고객에 의존하고 있는, "그런 건 장사가 아니고 놀이야"라고 놀림받는 가게는 더더욱 그러합니다.

하지만 앞길에 미래가 없다는 사실을 알면서도 고속도로를 달리는 것 같은 세상에서 굳이 길에서 벗어나 멈추어 서게 하는, 그런 순간을 헌책방이나 이끼 관찰이 만들어 낼 수 있지 않을까…… 그리고 그 거대한 책의 바닷속에 있는 한 권의 책과 한마디 언어가 지금 여기 끼어 있는 이끼처럼 먼 미래로 이어질지도 모른다…… 이런 망상에 빠져 있을 수 있는 곳. 바로 이곳이 고작 동네 헌책 장사일 뿐인 제가 기댈 수 있는 이곳, '시간이 멈춘 것 같은' 헌책방입니다.

오자키 가즈오와 이끼의 길

"오자키 할아버지 언제나 어슬렁어슬렁."

이끼 손질한다고 마당을 기어 다니는 오자키 가즈오의 모습을 보고 이웃 사람들은 속으로 이렇게 비웃었다고 합니다. 작가가 자기 수필에 써 놓은 말이니 어느 정도 자조가 섞여 있겠지만, 이끼 관찰이 취미인 저도 이런 식으로 웃음거리가 된 적이 있기에 크게 틀린 말은 아니리라 생각합니다.

한 손으로 이끼를 누르고 다른 손으로 잡초를 뽑는다. 조심하지 않으면 이끼까지 뽑히기 때문이다. 특히 뻐꾸이끼는 뿌리가 약해서 아주 조심하지 않으면 일을 그르친다. 한 번 뿌리가 뽑힌 뻐꾸이끼는 급히 눌러놔도 잘 붙지 않아서 대부분 시들어 버린다.

「환상기」

이끼는 다른 식물처럼 수분과 양분을 흡수하기 위해 발달한 뿌리가 없는 대신에 몸 전체로 햇빛과 대기 중의 수분을 빨아들이면서 살아갑니다. 덕분에 한 번 뿌리 뽑혀도 빨리 위에서 아래로 눌러 놓으면 대개는 원래대로 돌아가지만, 앞에 나온 글에도 있지만 뻐꾹이끼 등 일부 종류 중에는 그렇게 해도 살아나기 어려운 것들도 있습니다. 역시 『벌레의 여러 가지 모습』을 지은 오자키 가즈오. 감탄할 만한 관찰력입니다.

오자키 가즈오의 작품에는 이런 식으로 가끔 이끼가 등장합니다. 어느 땐가 자유 기고가 오기하라 교라이 씨와 도비라노 요시토 씨, 저 이렇게 셋이서 이야기를 나누는데 어쩌다가 오자키 가즈오 얘기가 나왔습니다. 제가 "그러고 보니 이끼에 대해서 많이 썼잖아요, 마당에서 이끼 손질을 하다가 동충하초를 발견했다는 이야기도 있고요"라고 말하자 두 사람 다 "어? 그런 이야기가 있었어? 몰랐어!"라며 깜짝 놀랍니다. 아니, 어이없어했다는 편이 맞을지도 모릅니다. 그토록 눈에 띄지 않는 존재가 제 눈에 들어오는 건 제가 그 존재에 남들보다 흥미를 갖고 있어서일 테지요. 그리고 그건 땅 위에서나 활자 위에서나 마찬가지겠지요.

처음 이름을 보고 놀란 것은 '매미 포식 동충하초'다. 너무 놀라서 『마키노 일본 식물 도감』을 찾아보았더니 다음과 같이 쓰여 있었다.

매미 포식 동충하초: 육좌균과. 여름철, 매미 번데기에 기생함. 동충하초의 한 종류로서 (중략)

동충하초(冬虫夏艸)라는 이름을 어릴 적 어딘가에서 보았을 때 조금 로맨틱한 느낌이 들어서 어떤 식물인지 호기심이 생겼었는데, 십몇 년 전에 실물을 보고 그 이상한 모습에 얼마간 실망했다.
이 매미 포식 동충하초는 보통 땅에서도 볼 수 있지만 이끼 속에서 더 많이 생겨난다. 이유는 나도 모른다.

「이끼」

윗글은 『한가한 노인』에 실려 있는 「이끼」라는 단편 속의 한 대목입니다. 오자키 가즈오가 한가한 노인이라면 나는 한가한 헌책 장사쯤 되겠죠. 저는 전부터 문학작품에서 이끼를 발견하면 쪽지를 붙이고 그 부분을 전용 노트에 옮겨 쓰는 일을 취미로 해왔습니다. 오자키 가즈오의 경우에는 와병 생활하면서 쓴 『벌레의 여러 가지 모습』 이후 서서

히 건강을 되찾고 스스로 마당 손질을 할 수 있게 되면서부
터 이끼 얘기가 글에 자주 등장하게 됩니다.

저도 어린 시절에는 몸이 허약해서 걸핏하면 지쳐서 땅
바닥에 웅크려서 쉬었습니다. 그 때문에 이끼와 친해진 것
같기도 합니다. 아마도 오자키 가즈오도 그러지 않았을까
하는 생각이 듭니다. 이끼는 너무 건강한 사람에게는 잘 보
이지 않는 식물 같습니다.

오래되어서 낡아진다는 의미로 쓰이는 '이끼가 낀다'는
말이 나타내듯 이끼는 별로 밝은 이미지가 아닙니다. 이끼
를 관찰하는 오자키 가즈오나 제가 주위 사람들로부터 놀림
거리가 되는 이유도 그런 까닭이겠지만, 이끼라는 식물은
몇억 년 전 옛날, 지구에 겨우 육지가 생겨나기 시작했을 때
부터 지금까지 거의 똑같은 모습으로 우리 주위에 살고 있
다고 합니다.

지금까지 이끼는 그 단순한 구조 때문에 아마도 식물의
선조일 거라고 여겨져 왔습니다. 그런데 최근에 발표된 어
떤 논문에 의하면 이끼보다 더 복잡한 구조를 가진 양치식
물에 가까운 식물이 식물의 진짜 선조이고, 이끼는 그 생존
경쟁 속에서 일부러 단순한 형태로 역행하여 살아남은 집단
으로 보인다는 연구 결과가 나왔다고 합니다. 퇴화 형식을

취하면서 진화해왔다는 걸까요? 이는 매우 자극적인 학설이며 그렇다면 정말로 이끼는 얕볼 수 없는 생명체라는 생각이 들게 합니다.

> 우산이끼, 다른 말로 하면 뱀이끼도 이끼의 한 종류가 틀림없다. 그러나 그 양면성이 얼마나 뻔뻔스러운지. 녀석들의 군락이 마당 한구석에 바짝 붙어 있을 때 그 으스스한 느낌은 닭살이 돋을 정도다.
> (중략) 아름다운 이끼 속에 침입한 우산이끼는 보이는 대로 없애버려야 한다.
>
> 「환상기」

별로 아름답지 않은 겉모습과 왕성한 번식력 때문에 마당의 성가신 놈으로 알려진 우산이끼. 오자키 가즈오도 꽤 많이 고생한 것 같은데 실은 그런 우산이끼도 이식해서 기르려고 하면 대부분 실패합니다. 이끼는 환경 의존성이 강해서 어떤 장소가 맘에 들면 내버려 두어도 알아서 점점 늘어나지만, 맞지 않으면 아무리 손질을 해도 금방 시들어 버립니다. 당차고 만만치 않으며 게다가 섬세하기까지 합니다. 하여튼 생각보다 까다로운 생명체인 것은 틀림없습니다.

이런 우산이끼 이야기를 들려주고 나서 "오자키 가즈오는 이끼 같아요"고 말한다면 그분은 "날 무시하지 마"라며 화를 내실까요?

그래도 많은 이끼가 가지고 있는 수줍은 듯 아름다운 자태, 주위가 어떻게 변하든 자기 삶의 방식을 바꾸려고 하지 않는 완고함, 그리고 왠지 달관한 듯 자기 자신에 대한 집착이 없는 점 같은 특성들은 오자키 가즈오와 제법 공통점이 있다고 생각합니다. 이렇게 변명하면 어쩌면 쓴웃음을 지으면서 용서해주실까요?

오자키 가즈오를 처음 읽은 것은 헌책방을 시작했을 때, 아버지로부터 억지로 물려받은 가와데쇼보 판 일본 문학 전집의 『오자키 가즈오·간바야시 아카쓰키·나가이 다쓰오』 권이었습니다.

「무사태평 안경」, 「벌레의 여러 가지 모습」, 「환상기」 등 대표작 8편이 연대순으로 실려 있고 작품들 모두 아주 개인적인 내용만 쓰여 있는데도 왠지 자기에게 일어난 일이 아닌 것처럼 쓴 무척이나 담백한 문장이 신선했습니다. 또 경제적 어려움과 지병 때문에 거의 자택에 틀어박혀 있는 그의 모습과 헌책방을 시작하긴 했으나 너무나 가난하고 그저 그냥 계산대에 앉아만 있을 수밖에 없었던 저의 처지를 제멋대로 겹쳐 보면서 그 당시 몇 번이나 다시 읽었는지 모릅니다.

아버지가 물려주신 문학 전집은 그 후에 한꺼번에 모두 팔려버렸지만 이상하게도 이 낱권만은 지금도 가지고 있습니다. 만약 개인적으로 가지고 있는 오자키 가즈오의 책 가운데 딱 한 권만 남긴다면 뭘 고르겠느냐고 저에게 물으신다면, 조금 망설일 수도 있겠지만 아마도 결국은 이 책, 문학 전집의 낱권을 선택하리라 생각합니다.

또 한 가지, 오자키 가즈오의 작품에서 자주 눈에 띄는 것이 매화나무입니다. 마당에 있는 매화나무, 그 나무에서 나는 매실로 담그는 매실장아찌 등이 이끼에 관해 썼을 때보다 더 이른 시기에 큰 병을 얻어서 시모소가로 내려갔을 무렵부터 쓴 작품에 자주 등장합니다. 그분이 살던 고장이 매화나무 산지로 유명했기 때문이기도 하겠지요.

이전에 기야마 쇼헤이 생가 뒷길에 떨어져 있던 매실로 '기야마 씨네 매실주'를 담근 이야기를 썼더니 장남인 기야마 반리 씨가 "전에는 그 매화나무가 있던(지금은 수풀이 되었습니다) 자리에 집이 있었으니까 그 매실주는 말 그대로 '기야마 씨네 매실주'입니다"라고 알려주셨습니다. 제가 주위 오기 며칠 전에 반리 씨도 매실을 두세 개 주워서 영전에 바쳤다고 합니다. 그리고 "우리 집은 매실장아찌는 담그지 않았지만, 어머니가 오자키 가즈오 씨 부인과 사이가 좋아서 항상 그쪽에서 보내주셨습니다. 한번은 오다와라에 있는 댁으로 받으러 간 적도 있었고요"라고 매우 흥미로운 에피소드까지 들려주셨습니다.

오자키 가즈오의 단편집 『단선 역』에 실려 있는 수필에는 이런 이야기가 나옵니다.

> 예부터 오자키 상표 매실장아찌를 애용해주시는 10명 정도의 단골에게 2~3년 전에 담근 것을 보내는 시기는 해마다 이 시기로 정해져 있다.
>
> 「매화·매실장아찌」

그렇다면 기야마 쇼헤이 댁도 이 '단골' 가운데 한 집이었겠죠. 고향을 주제로 한 작품을 많이 쓴 기야마 쇼헤이도 오자키 댁에서 손수 담가 보내준 매실장아찌를 볼 때마다 가사오카에 있는 생가 뒤안의 매화나무를 떠올리지 않았을까 하는 망상이 부풀어 오릅니다.

그리고 이 매실장아찌는 오자키 가즈오가 돌아가신 어머니에 대해 담담하게 추억하는 「낙매」의 마지막 부분에 또 나옵니다.

올해는 아내와 애들을 일찍 깨워서 낙매 줍기를 시켜야 한다. 담그는 법은 어머니에게 어깨너머로 배워서 내가 알고 있다. 그 방법을 가르쳐 주어야 한다.

「낙매」

이 매실장아찌 담그는 방법이 제대로 전승되었나 봅니다.

작년에 제 고서 스승인 요코하마의 '잇소도 이시다 서점'의 이시다 부부가 하코네를 안내해주셨을 때 생각지도 않게 시모소가 근처를 지나가게 되었습니다. 도메이 고속도로에서 오다와라 아쓰기 도로로 들어가서 터널을 몇 개 빠져나온 후 하코네에 들어가기 직전에 시야가 확 넓어지는 바로 그 부근 같습니다만, 완만한 산비탈에 귤밭이 펼쳐져 있는 광경이 복숭아밭이 있는 기야마 쇼헤이의 생가 부근과 어딘가 닮은 것 같았습니다.

과일 산지는 대체로 다른 지역에 비해서 자연재해가 적은 따뜻한 곳입니다. 복숭아와 포도로 유명한 우리 오카야마현 사람들은 그와 같은 축복받은 날씨 때문인지 "단결해서 무언가를 이루기에는 맞지 않는 개인주의자"라는 평을 듣기도 하는데 그 말은 오자키 가즈오와 기야마 쇼헤이 이 두 작가의 작풍과도 통하는 게 있어 보입니다.

기야마 쇼헤이, 우치다 햣겐, 마사무네 하쿠초, 치카마쓰 슈코, 요시유키 준노스케……, 전에 어느 지방의 헌책방 주인이 오카야마와 인연이 있는 작가의 이름을 생각나는 대로 말하더니 약간 어이없는 얼굴로 "왜 이런 사람뿐인 거죠?"라고 물은 적이 있습니다.

왜냐고 물으시지만 그건 아마 날씨 때문이 아닐까요? 시모소가도 관동권에서는 손꼽히는 따뜻한 땅이라고 합니다.

"누구나 자기 그릇만큼의 운밖에는 잡을 수 없다. (중략) 아무리 해도 안 되는 그다음부터는 타고난 그릇에 좌우된다."

「이끼에 대하여」라는 작품도 있는 오카야마 태생의 시인 나가세 기요코의 글입니다. 저 자신을 예로 들어 미안합니다만, 단단한 정통파 고서적상을 지향하면서도 어느 사이엔가 '이끼를 좋아하는'이라는 묘한 전제가 붙는 헌책방 주인이 되어 버린 저 자신을 돌아보아도 역시 인간은 자기 몫의 일밖에 할 수 없는 존재가 아닌가, 사람마다 주어진 '틀', 그것도 결코 공평하지 않은 '틀' 속에서 점점 사그라져 갈 수밖에 없는 생명체가 아닌가 하고 생각합니다. 그러나 이 세상에 단 한 사람도 같은 사람이 없는 것처럼 그 '틀'도 또한 제

각각입니다. 그리고 앞에도 썼듯이 퇴화라는 형태를 취하면서도 진화해서 살아남은 이끼처럼 비록 헌책방 주인이라는 저의 직업이 소극적 선택에 의한 것이었다고 할지라도 제가 이 일만큼은 '할 수 있다'는 사실에는 전혀 변함이 없습니다. 그리고 잘하든 못하든 제가 하는 이 일이 다른 누구도 똑같이 흉내 낼 수 없는 일임이 틀림없습니다. 완전히 체념하고 나서야 보이기 시작하는 것도 있습니다.

> "내가 나무와 풀과 벌레 등에 끌리는 까닭은 그들이 생명 현상을 단순 명쾌하게 나타내주기 때문인 것 같다."
>
> 「한가한 노인」

문학적인 좌절과 빈곤, 그리고 병. 오자키 가즈오의 눈에는 자기를 앞지르고 멀어져 가는 사람들의 등만 보였을 터입니다. 그래도 그는 '내키지 않는 일은 하지 않는다'라며 그저 한결같이 자신이 쓰고 싶은 것만 써왔습니다.

작품 속에 되풀이되는 목숨 있는 것들의 너무나도 허무한 삶과 부당한 죽음. 그리고 그에 대한 분노와 어딘가 도전적이기까지 한 조용함. 아마도 그의 마음속에는 죽기 전까지 그저 묵묵히 제 기량껏 살아가는 벌레와 이끼에 대한 경의와 부끄러움이 있었을 거라고 생각합니다.

최근 들어 미래에 대한 밝은 전망이 점점 줄어들고 있는 헌책방 업계. 그중에서도 더욱 전망이 좋지 않은, 고객 매입과 매장 판매 방식만 고집하는 저에게 주위 사람들은 "하다 못해 조합에라도 들어가지?"라든가 "조금씩 인터넷 판매를 하면 좋을 텐데"라고 조언을 합니다. 그러나 저의 체력과 성격을 고려하면 그저 이 방식으로 하는 데까지 해보는 수밖에 없을 것 같습니다. 고집스럽다고 비웃을지도 모르지만 처음부터 저의 장래 희망은 '헌책방의 이끼 할머니'. 그게 제가 바라는 바입니다.

이끼처럼 가늘고 가는 틈새의 길도 찾아보려고 하면 어딘가쯤에서 보일지도 모릅니다.

할머니 집

"여기 할머니 집 같아."

어느 날, 가게에 들어온 작은 여자아이가 자기 엄마에게 이렇게 속삭이는 소리가 들렸습니다.

벌레문고는 사극에나 나올 법한 건물에 입주해 있어서 그 여자아이의 할머니 집이라고 하기에는 너무 낡았다고 생각하지만 그 아이가 그렇게 느낀 이유는 '할머니 집'이라는 장소에서 풍기는 마치 시간이 멈춘 것같이 조용한 분위기 탓인지도 모릅니다.

스스로 새삼스레 의식하는 경우는 거의 없습니다만 손님들이 "여러 가지 물건이 있는데도 왠지 아주 차분한 가게네요"라고 자주들 말씀하십니다.

그 말에 "맞아요, 너무 차분해서 일이 잘 안 돼요"라고 가볍게 대답하는 경우가 많습니다. 친구와 지인 또는 단골이라면 모를까, 지나가다 그냥 들어오신 관광객들도 그렇게 느끼게 만드는 이 가게의 '차분함'은 도대체 무얼까 하고 생각하곤 합니다.

벌레문고는 손님에게 매입한 책이 태반을 차지하고 있기 때문에 이른바 편집숍 같은 계획적인 상품 구성이 아니라 오히려 잡다하다고 할 정도의 상품 구성입니다. 카페 같은 곳이 대개 그렇듯, 모여드는 손님들이 모두 어딘가 닮은 데가 있다든지, 그곳에 모인 사람들이 자아내는 공기 같은 것이 가게의 독특한 분위기를 만들기도 합니다.

이런 느낌은 헌책방도 마찬가지여서 어느 사이엔가 취미가 비슷한 사람이 책을 팔러 오거나 사러 오거나 합니다.

때때로 지나가다 들어오신 분이 "어쩐지 우리 집 책장을 보는 것 같아요"라고 하시는 적도 있습니다만, 아마 그런 이유겠지요.

가게라는 곳은 시간과 더불어 주인의 기(氣)가 그 안에 둥글게 퍼지고 좋은 의미로 옅어져서 여러 사람의 기와 어우러지는 곳이 아닐까요. 할머니 집이란 장소도 그런 점이 있다고 생각합니다.

그러고 보니 언젠가 때때로 딸아이를 데리고 놀러 오는 친구와 계산대에서 수다 떨고 있을 때 생긴 일. 다른 손님이

산 책을 계산하고 있었더니 그 아이가 눈을 동그랗게 뜨더니 "와! 여기 가게였어!?"라고 외친 적이 있었습니다.

벌써 몇 년 전부터 이렇게 엄마와 함께 와서 계산대에서 놀았었는데, 그때 처음으로 여기가 '가게'라는 점을 알아차린 것 같았습니다.

전에는 이곳을 뭐라고 생각했던 걸까요? 정말로 할머니 집이라고 생각하고 있었던 걸까요?

헌책의 요정

손님이 없어서 오늘은 이제 그만할까 하고 문을 닫고 전 깃불을 껐는데 아직 가게 안에 고객이 남아 있어서 서로 민망할 때가 있습니다.

좁은 가게지만 책장 앞에서 인기척이 사라져버리는 분이 가끔 계셔서 몇 시간이나 가게 안에 저 말고는 아무도 없다고 생각했는데 갑자기 계산대 앞에 나타나서 "계산 부탁합니다" 하고 책을 내미실 때도 있습니다.

그런 이야기를 들려주니까 어떤 사람이 "그대로 책장에 스며들어 사라지면 잭 피니(미국의 SF, 추리소설, 판타지소설 작가. 대표작은 『도둑맞은 거리』, 『처음으로 돌아가다』가 있다)의 소설 같겠네요"라고 합니다.

헌책방이라는 곳은 그렇게 갑자기 사라져버리는 사람이 있어도 이상하지 않은 곳 같습니다.

건조대의 천문대

지금 장소로 가게를 옮기기로 마음먹은 결정적인 이유 중의 하나가 건물 뒤에 있는 빨래 건조대였습니다. 북쪽 뒷산과 맞닿은 장소치고는 볕이 잘 들고 선인장과 다육식물을 기르는 데도 딱 좋고. 빨래도 물론 잘 마릅니다.

그리고 요즘에는 여기가 '천문대' 역할도 하고 있습니다.

이전에 어떤 매체로부터 원고 청탁을 받아 관광가이드북에는 나와 있지 않은 '소박한 명소'를 소개하는 기사를 썼습니다. 그때 맨 처음 떠올린 곳이 시내에 조용히 자리 잡은 '구라시키 천문대'.

일본에서 처음으로 일반 시민에게 개방된 천문대로서 전쟁 때부터 전후에 걸친 암울했던 시대에 여러 개의 혜성을 발견해서 사람들에게 용기를 준 천문학자 혼다 미노루의 '홈그라운드'이기도 합니다.

지금은 전문적인 천체 관측보다는 한 달에 몇 번인가 열리는 관측회와 자료 공개, 시민 대상 천문학 강좌 등이 주를 이룹니다. 이런 장소가 1926년에 문을 연 이래 지금까지 계속 이어지고 있다는 사실은 이 지역에 사는 사람에게 자부심을 가지게 해줍니다.

혼다 혜성은 어느 정도 연배가 있으신 분이라면 천문학에 관심이 없더라도 기억하시는 모양입니다. 1972년생인 저도 어릴 때부터 '저 작은 천문대의 혼다 선생님은 새로운 혜성을 발견한 훌륭한 분이다'라는 정도는 알고 있었습니다.

당시 혼다 선생님은 시내에 있는 귀여운 건물에 있던 사립 유아원의 원장을 맡고 계셨습니다. 그 근처 공립 유치원에 다니던 저에게 혼다 선생님과 구라시키 천문대는 동경의 대상이기도 했습니다.

그곳에 취재 간 일을 계기로 때때로 관측회에도 참가하게 되었고 지금은 완전히 천문 팬이 되었습니다. 1년 중 맑은 날이 일본에서 가장 많은 오카야마는 천체 관측에 알맞은 지역이라는 점도 이때 알았습니다.

그리고 지지난해 드디어 개인 망원경을 구입. 직경 15센티미터의 반사식 망원경. 돕슨식의 간이형 받침대에 올려놓고 관측할 때마다 실내에서 건조대로 옮겨 놓습니다.

맑은 날에는 가게를 보면서 별자리 일람표를 쳐다보며

'밤 몇 시쯤에는 이 근방에 이 별이 있겠구나' 하고 망상에 빠지고, 가게를 닫으면 서둘러서 '건조대의 천문대'에 올라가 망원경을 설치하고 목표로 삼은 그 별을 찾습니다.

평소에는 이끼를 찾거나 현미경을 들여다보기 위해 주로 고개를 숙이고 있기 때문에 고개를 들어야 하는 천문 관측은 마침 좋은 목 운동도 됩니다.

달이 없는 밤, '이 근방에서 별이 잘 보이는 가장 어두운 곳은 어디일까?' 궁리하면서 한밤중에 근처를 두리번거리기도 해봤지만 결국은 북쪽에 있어서 길가의 가로등이 가려지는 우리 가게의 '빨래 건조대의 천문대'가 가장 어둡다는 사실을 알았습니다.

낮에는 볕이 잘 들고 밤에는 어두우니 역시 여기가 최적의 장소일 수밖에 없습니다.

"거문고자리의 베가. 아, 저게 아마도 알비레오."

이렇게 먼 옛날부터 사람들이 올려다본 별들을 바라보고 있는 사이에 어릴 적 동경했던 혼다 선생님이 조금은 가깝게 느껴지게 되었습니다.

바로 눈앞에 있는 자유

고양이 두세 마리, 거북이 아홉 마리, 넓적사슴벌레 두 마리, 금붕어 네 마리, 송사리 다섯 마리. 현재 제가 가게와 집에서 기르고 있는 생명체들입니다. 이런 곳에 초등학생 남자아이가 없는 게 이상할 정도지만 이 생명체들을 돌보고 있는 사람은 다 자란 어른인 저 하나.

이끼, 잡초, 거북, 붕어, 개미……. 생각해보면 어릴 적부터 집 근처에 있는 이런 평범한 동식물만 바라보고 있었습니다.

몇 년 전에 『이끼와 걷다』라는 책을 내고 나서는 "왜 (좀 더 화려한 식물이 아니고) 이끼를 좋아하세요?"라는 질문을 받는 경우가 많아졌는데 꽤 어려운 질문입니다. 그 책의 머리말에도 썼지만, 바다냐 산이냐, 개냐 고양이냐, 통팥이냐 간팥이냐 하는 질문의 답에 별로 이유다운 이유가 없는 것처럼 작고 평범한 생명체를 좋아하는 일에도 특별한 이유는 없고 "타고난 것 같습니다"라고 대답할 수밖에 없습니다.

평소에 동식물을 바라보면서 '그런데 도대체 난 뭘 하고 있는 걸까?' 하는 생각은 저 자신도 별로 한 적이 없었는데 언젠가 만화가인 와카쓰키 메구미 씨의 『말의 유희학·근처의 박물지』라는 작품에 해설을 쓰면서 문득 깨달았습니다.

그 작품은 친척도 없고 걸핏하면 주위 사람들과 트러블을 일으키곤 하는 소년이 우연히 만난 여성 식물학자의 일을 돕다가 가까이에 있는 잡초처럼 보통 때는 하찮게 여기던 생물이 주는 재미와 불가사의함을 접한 일을 계기로 자신의 적성을 찾아내고 성장해 간다는 이야기입니다. 소년에게는 타고난 날카로운 관찰력과 데생 실력이 있었습니다.

들새든 곤충이든, 초목이나 이끼 또는 균류든, 자연 관찰의 기본은 '각각의 생물의 마음이 되어서 생각해보는 것'. 그렇게 하면 크고 넓은 잡목림 속에 있는 작은 균류와 벌레도 쉽게 찾아낼 수 있게 됩니다. 각각의 생물이 되어 바라보는 세계는 보통의 우리 생활과는 전혀 다른 새로운 세계입니다.

소년이 발견한 것은 자신이 타고난 적성뿐 아니라 관점과 시선을 조금만 바꾸어도 보이는 전혀 다른 세계. '바로 눈앞에 있는 자유'였을 거라고 생각합니다.

사람 생각은 일절 하지 않는 생물들, 사람과는 전혀 다른 섭리를 가진 생물들이 마당에도 집안에도 당연한 듯이 살아 있다는 것. 그것은 매우 마음 든든한 일입니다.

초콜릿 냄새

"아, 할머니 냄새 같네."

가게에 들어오신 손님이 이렇게 말한 적이 있습니다.

그 밖에도 '학교 도서관 냄새'라든가 드물게는 '과외 선생님 댁 냄새' 같다는 사람도 있었습니다. 아마도 그 사람은 오래된 책이 많은 집에 과외 공부를 하러 다닌 거겠죠.

사실 저는 이 냄새가 정확히 어떤 냄새인지 알지 못합니다. 이미 오랫동안 쭉 헌책에 둘러싸여 살아와서 아마 코가 마비된 거겠죠.

손님이 그런 말을 할 때마다 '아, 그 냄새' 하고 상상하면서 남몰래 코를 킁킁거려 보지만 역시 아무 냄새도 나지 않습니다.

벌레문고는 서낭신 숲을 등지고 세워져서 그런지 건조한 편이라고 할 수 있는 이 지역치고는 습도가 높은 편입니다.

장마철에는 책들의 상태가 조금 걱정될 정도입니다. 습기는 책의 천적이니까요. 더군다나 저는 운전을 못하기에 아무리 장대비가 와도 자전거로 출근해야 하는 처지. 여름은 참 우울한 계절입니다.

그러나 단 하나 좋은 일은 그때 맡을 수 있는 냄새. 며칠씩 비가 계속 내릴 때는 가게 밖에 자전거를 세우고 비옷을 벗으면서 가게 문을 열면 헌책 특유의 달콤하고 무거운 냄새, 그리고 살짝 곰팡내가 사뿐히 느껴집니다.

그러고 보니 이전에 이 냄새를 "초콜릿 같다"고 말한 조그만 남자아이가 있었습니다. 확실히 어딘가 그런 따스함이 느껴지는 냄새입니다.

틈새 살이

'오기로 버티기' 이것이 벌레문고의 테마입니다.

이래 보여도 가게를 20년 가까이 유지하고 있으니까 사람들은 대부분 '당연히 나름대로 벌이가 있겠지'라고 생각합니다. 그러나 계속 이런 말씀만 드려서 면목 없습니다만 실제로 이 직업은 정말로 깜짝 놀랄 정도로 벌이가 시원찮습니다.

세상에는 '좋아하지 않으면 못 할 일'이 여러 가지 있습니다. 헌책방도 그중에 하나. 그러나 거꾸로 생각해보면 계속할 마음만 있다면 어떻게든 해나갈 수 있는 일인 것도 같습니다.

지방의 이런 작은 헌책방이라도 겨우겨우 이렇게 가게를 꾸려 나갈 수 있는 것은 무엇보다도 동네에서 나름대로 역할이 있기 때문이겠지요. 언제부턴가 그 역할이란 막연하지만

'주민회관'에 가까운 게 아닐까 하고 생각하게 되었습니다.

어느 날인가, 전부터 알고 지내던 센다이의 가토 데쓰오 (출판사 '가타쓰무리 사', 에콜로지 숍 '그린·피이스'를 경영하면서 시민 활동을 함. 환경, 에너지, 식품, 에이즈 문제 등 폭넓게 활동해 옴. 1997년에 '센다이·미야기 NPO 센터' 설립하고 이 단체를 1999년 비영리법인을 만들어 대표이사·상무이사를 지냄. 2011년 8월 26일 세상을 떠남) 씨가 오셨을 때, 이런 이야기를 했더니 가토 씨가 말하길 "이전에 제가 하던 가게는 결국 자연식 레스토랑 같은 모습이 되었지만, 실제로는 '사설 주민회관'이었어요"라고 해서서 '아, 그런 거구나' 하고 크게 납득한 일이 있었습니다.

라이브 공연과 토크쇼, 전람회 같은 일들을 하면서 언제부턴가 "항상 재미있어 보이는 일을 하는군요"라는 말을 듣게 된 이 가게는 사실 그다지 대단할 게 없는 곳입니다. 그래서 오히려 무엇이든 할 수 있다고 생각했습니다.

'주민회관'에서도 할 수 없는 일은 '사설 주민회관'에서. 이런 세상의 틈새. 그 틈새에서 꿈틀거리는 벌레문고와 동료들, 그리고 그 너머에 있는 사람들.

내친김에 가토 씨가 덧붙여 말하기를 "가게라는 건 적극적인 사람이나 계산이 빠른 사람에게는 잘 맞지 않아요. '능력이 출중한' 사람도 안 돼요. 다른 선택지가 있어서 가만히 있을 수 없으니까"라고.

뭐야, 저랑 딱 맞잖아요. 조금 멍하게 있으니까 곧바로 "다나카 씨가 『소거법의 인생론』 같은 책 써보면 어때? 신서(173×105mm 판형. 문고판보다 세로로 약간 긴 형태 — 옮긴이) 형식으로 만들면 좋겠는데" 하고 권합니다. 뭐, 못 쓸 일도 없을 것 같습니다. 『틈새 살이』란 책도 좋을 것 같습니다. 이끼에 관한 책도 써보고 싶고요.

헌책방 주인이 부르는 노래

'빨리 아저씨가 되고 싶어.'

헌책방을 시작한 지 얼마 되지 않았을 때부터 매일 이런 생각을 했습니다.

당시 저는 단지 책이 좋다는 이유로 헌책방은 물론 신간 서점에서 일해본 경험도 없이, 가지고 있던 책 몇백 권을 늘어놓고 가게를 차려버린 스물한 살 꼬마 아가씨였습니다.

어릴 때부터 대인 관계에 어려움을 겪었지만 그런 저라도 이 일은 할 수 있지 않을까 하는 안이한 생각으로 선택한 일이었습니다. 하지만 책, 특히 헌책과 사람의 관계는 다른 '물건'과 사람의 관계보다 더 밀접하고, 실제로 헌책방 일은 책이라는 물건을 상대하는 일보다 사람을 상대하는 일에 더 가까웠습니다.

모두 다 제가 무지했던 탓이긴 합니다만 매일매일 사고

치는 일의 연속입니다. 매입가가 너무 싸다느니, 진열 방식이 돼먹지 않았다느니, 사장님은 어디 갔냐 느니, 제가 주인이라고 말하면 "감히 여자가……" 하며 큰소리로 화를 내는 경우도 자주 있습니다. 그래서 '아, 내가 만약 스무 살 정도의 여자가 아니라 아저씨였다면 이렇게 심한 말은 듣지 않았을 텐데' 하고 생각했습니다.

저는 지금도 친구한테서 "그 시무룩한 얼굴, 어떻게 좀 안돼?"라고 때때로 한 소리를 들을 만큼 붙임성이 별로 없는 편인데, 그것도 몸에 밴 일종의 무장이었던 것 같습니다. 가게에 오는 손님이 모두 저를 무시하고 불평하러 온 사람들로 보였습니다.

그러던 어느 날, 책 재고가 너무도 적은 우리 가게를 불쌍하게 생각한 한 친구가 "이거 줄게" 하면서 두 상자 분량의 책을 가져다주었습니다. 그 속에 하야카와 요시오 씨가 쓴 『나는 책방 아저씨』라는 책이 있었습니다. 그 책은 헌책방에 많이 나돌아다니는 '취직하지 않고 사는 법'이라는 시리즈 가운데 한 권이었는데, 그 당시에 무려 34쇄를 찍은 베스트셀러였습니다.

곧바로 읽어 보니 저자가 스물세 살 때 뮤지션에서 책방 주인으로 직업을 바꾸려고 결심한 이유로서 "할아버지가 되었으면 좋겠다고 생각했다"라는 구절이 있어서 단번에 그 책이 좋아졌습니다.

사실 하야카와 요시오가 하던 신간 서점과 제가 하는 헌책방의 업무는 완전히 다르고, '할아버지(아저씨)가 되고 싶다'고 생각하게 된 경위도 완전히 다릅니다. 그러나 책에 대해서 잘 모르고 책방을 시작하게 된 점, 그 때문에 매일매일 겪어야 했던 고생과 부끄러운 이야기, 서점을 경영하는 뚜렷한 목적이 없고, 고양이를 좋아하고, 계산을 잘하지 못하고, 자동차 운전을 못한다는 공통점을 발견하고 혼자서 멋대로 기뻐했습니다.

때때로 고객에게 화가 나는 것은 결코 그 사람에 대해 화가 나는 것이 아니라 자신이 그 상황을 둥글게 잘 처리하지 못하는 데 화가 나서 짜증이 나는 것이다.

이런 문장을 읽었을 때는 가게를 시작한 이래 쭉 제가 지녀왔던 답답함을 대신 말해주고 있는 것처럼 느껴져서 상쾌한 마음이 들었습니다.

책을 좋아한다면 그걸로 됐다고 생각한다. 좋아한다는 게 가장 중요하다. 싫은 일, 하고 싶지 않은 일을 억지로 하니까 갈등이 생긴다.

이 말은 이후 제 마음의 버팀목이 되었습니다.

하지만 그로부터 얼마 지나지 않아 그가 23년간 해왔던 '하야카와 서점'을 닫고 다시 노래를 시작했다는 뉴스를 들었습니다. 기대와 동시에 '뭐야?' 하고 마치 버림받은 것처럼 섭섭한 마음이 들었던 것도 사실입니다.

하야카와 요시오라면 '잭스'. 일본 록 음악의 여명기를 대표하는 밴드의 핵심 멤버라는 사실은 어렴풋이 알고 있고, 히트곡 「샐비어 꽃」 정도는 흥얼거릴 수 있었지만, 사실 그 전까지는 그렇게 열심히 듣지는 않았습니다.

그런데 마침 그 당시에 제가 사는 곳 가까이에서 그의 컴백을 기념하는 라이브 공연이 있었습니다.

단지 피아노를 치면서 부르는 토크송인데도 굉장히 박력이 있고, "아—" 하고 내뱉는 발성조차 가슴을 울리고, 피아노 의자에 앉아 있는데도 팔짝팔짝 뛰는 듯한 동작으로 노래하는 모습이 멋져서 역시 '하야카와 요시오는 노래 부르는 사람이구나' 하고 생각했습니다. 공연 전까지만 해도 그가 책방을 그만둔 일에 대한 실망감이 남아 있었는데, 어느새 그런 마음은 새까맣게 잊고서 전보다 더 팬이 되어버렸습니다.

그로부터 몇 년이 지난 2002년, 『나는 책방 아저씨』 이후

20년 만에 그가 쓴 『영혼의 장소』라는 이름의 에세이집이 나왔을 때도 달려들듯이 샀습니다. 한 장, 한 장 두근거리면서 페이지를 넘기고 때때로 '후' 하고 한숨을 쉬면서 한 편, 한 편 소중하게 읽었던 기억이 있습니다.

그 책 속에 이런 문장이 있습니다.

음악은 만들어 내는 게 아니라 거기 있는 거다. 만들어 내는 것이 아니다. 사람들 속에서 들려오는 거다.

분명 어딘가에 "(글이든, 그림이든, 요리든) 정말 좋은 작품은 그것을 만든 그 사람이 아니면 부를 수 없는 그런 노래를 부르고 있다"라는 의미의 말도 쓰여 있었던 것 같은 데 지금 아무리 다시 찾아봐도 찾을 수가 없습니다. 어쩌면 위의 문장을 제가 멋대로 번역해버린 것인지도 모릅니다.

하야카와 요시오가 책방을 그만두고 다시 노래하기 시작한 것은 역시 자기 속에 있던 '자기 목소리'가 '노래'라는 모습으로 튀어나왔기 때문이 아닐까요.

얼마 전에 헌책방 생태계를 잘 아시는 분이 "벌레문고는 책이 아주 많은 것도 아니고 구비된 책도 특별한 게 없는데 어째서 이렇게 오래도록 계속 장사를 할 수 있는 거죠?"라며 농담 비슷하게 물어보셨습니다. 결코 비꼬는 말이 아니고 솔직한 감상이라고 생각합니다만, 어쩌면 엉망진창 엇박자이긴 하지만 벌레문고는 벌레문고 나름의 목소리로 노래하고자 했기 때문에 여기까지 올 수 있었던 게 아닌가 하는 생각을 해봅니다.

　아저씨가 되고 싶었던 저는 결국 아저씨가 되지는 못했지만, 앞으로도 저만이 부를 수 있는 노래를 부르는 헌책 장사를 계속해나갈 작정입니다.

정기 휴일

드디어 정기 휴일을 만들기로 했습니다. 앞으로는 매주 화요일이 휴일입니다(2016년부터 다시 부정기 휴일로 변경).

이제까지는 쭉 특별한 일이 있을 때만 쉬는 '부정기 휴무' 형식으로 일해왔습니다. 출장 등으로 4~5일씩 쉬는 경우도 있었지만, 특별한 일이 없을 때는 석 달을 하루도 쉬지 않고 열어 놓기도 했습니다. 오봉 명절과 설날도 물론 영업.

자영업은 일과 사생활의 경계가 모호해서 일하다 보면 어느새 쉬는 법을 잊어버리는 수가 있습니다. 더구나 저는 밖에 나가는 일을 싫어하고 성격도 궁상스러운 편이라서. 이러니저러니 해도 가게를 보는 일이 저에겐 가장 편안하고 즐거운 일입니다.

그런데 최근에 여러 가지 일로 인해 그런 제가 조금씩 바빠지게 되었습니다.

앞으로 웬만큼 큰일이 일어나지 않는 한 미호 씨가 벌레
문고를 그만두는 일은 생각할 수 없다. 왜냐면 벌레문고
는 미호 씨 그 자체이기 때문이다.

오카자키 다케시 씨가 『여자의 헌책방』이라는 저서에 써
주신 말입니다. 정말 이 말씀 그대로라고 생각합니다. 이제
까지도 그래왔고, 앞으로도 가게가 계속되는 한, 벌레문고
는 바로 저 자신입니다.

다만 최근에는 점점 제가 벌레문고를 하고 있다기보다는
어딘가 벌레문고가 저를 움직이고 있다는 느낌을 받습니다.

정말 부끄럽습니다만 가게를 시작한 지 20년 가까이 지
나서야 겨우 이 일이 저에게 '취미'가 아닌 '일'이 된 것이겠
지요. 정기 휴일 지정은 바로 그 상징이라는 느낌이 듭니다.

취미를 일로 삼지 말라고들 말합니다. 그러나 저처럼 취
미로 시작해서 겨우 직업의 실마리를 잡을 수 있는 사람도
있을 수 있다고 생각합니다.

그리고 보니 요즘은 "조금 붙임성이 좋아진 것 같은데"라
는 말을 듣고는 합니다.

5엔짜리 동전과 신앙심

올봄에 있었던 일입니다. 평소처럼 가게를 보고 있는데 "실례합니다" 하면서 자그마한 할아버지 한 분이 들어오십니다. 계산대 앞에 서서 지갑에서 천천히 10엔짜리 동전을 꺼내더니 "이걸 5엔짜리 동전으로 바꾸어 주실 수 있나요?"라고 물으십니다. "네, 좋습니다" 하고 바꿔 드렸더니 또 천천히 10엔짜리 동전을 하나 더 꺼내서 "이것도 5엔으로 바꿔 주실래요?" 하십니다. 그렇게 해서 50엔을 모두 5엔짜리 동전으로 교환해 드리고 나니 아무래도 뭔가 수상하다는 생각이 들기 시작했습니다. 저의 의심을 눈치를 채셨는지 할아버지가 "이 근방에는 부처님이 많이 계셔서 아무래도 5엔짜리 동전이 필요해요. 10엔이면 '먼 인연(5엔은 일본어로 '고엔'으로 발음되어 '인연'이라는 뜻과 같으며, 10엔은 '토오엔'으로도 발음할 수 있어서 '먼 인연'이란 뜻이 됨 — 옮긴이)'이 된다고 해서요"라고 하셨습니다.

그러고 보니 우리 가게 주위에는 작은 불당이 몇십 개나 있습니다. 할아버지는 그 하나하나에 '인연이 있기를' 하고 기도하면서 5엔짜리 동전을 바치려는 것이었습니다.

스물한 살 때 실직한 일을 계기로 가지고 있던 책 몇백 권을 늘어놓고 무작정 시작한 헌책방 비슷한 가게가 "1~2년 만 버텨도 대단한 거야"라는 저를 포함한 주위 사람들 모두 의 예상을 깨고 지금도 계속되고 있습니다.

"어?! 그 가게 아직도 하고 있어?" 몇 년 만에 다시 만난 사람들이 꼭 하는 말입니다. 제가 가게를 이렇게 계속할 수 있었던 이유는 이상하게 들리시겠지만 사실은 '재주가 없어 서'입니다.

헌책방 일은 밖에서 보이는 느긋한 이미지와는 달리 상 당히 중노동입니다. 지금 이 글(이 글은 헝가리에 거주하는 일 본인을 대상으로 발행하는 잡지인 《지구·가족 통신》에 실린 글 이다)을 읽고 계신 분이라면 누구나 한번은 이사 경험이 있 으시겠지만, 책은 한 상자 정도만 되어도 그 무게를 무시할 수 없습니다. 더구나 어떤 때는 집 한 채 분의 장서를 건네 받을 때도 있습니다. 그 책들을 옮기는 일만으로도 소규모

이삿짐을 나르는 정도 됩니다. 또 자기 가게에 진열할 책, 동업자 끼리 교환할 책, 고서 시장에 출품할 책, 그리고 마지막으로는 폐지 회수에 내놓을 책으로 분류한 뒤 '상품'이 되는 책은 낙장과 낙서 유무를 체크하고, 더러워진 데를 깨끗이 하고, 찢어진 곳은 기워서 값을 매기고, 책장에 진열하거나 전용 상자에 채워 넣고……. 이런 기본 중의 기본인 일마저 언제 끝날지 알 수 없습니다. 아무튼 헌책방 일은 "허리를 삐끗해봐야 비로소 한몫하는 일꾼이 되는" 그런 세계입니다. 게다가 어째서 지금까지 망하지 않았는지 저 자신도 이상할 정도로 벌이다운 벌이도 안 되는 일입니다.

제가 매우 존경하는 고서적상 우치보리 히로시 씨의 문장 중에서 아래와 같은 구절을 발견하고 '아, 정말 그렇지' 하고 납득한 적이 있습니다.

회사 그만둔 사람, 은퇴한 편집자, 은퇴한 배우라는 것은 있어도 '은퇴한 헌책방 주인'은 없다. 이젠 더는 무너질 것이 없는 곳인 것 같다.

『샤쿠지쇼린 일록』

인생의 어느 국면에서 헌책방을 직업으로 선택한 사람들 대부분은 많든 적든 '이 일 말고는 달리 할 수 있는 일이 없었다'는 현실적인 사정들이 있었겠지만, 얼핏 보면 단점으로 볼 수 있는 그런 현실도 마음먹기에 따라서는 나름대로 강점이 되기도 합니다.

아무리 허리가 아프더라도, 겨우겨우 먹고 살 수 있을 정도라 해도, 어쨌든 이 작은 가게에서 어쨌든 매일매일 묵묵히 제가 사들인 헌책을 깨끗하게 손질해서 서가에 진열할 수밖에 없습니다. 달리 길이 없으니까요.

그리하여 '채산이 맞을지 안 맞을지'라든가 '좋을지 나쁠지'라든지 하는 생각을 점점 더 초월하게 되고, 그저 오로지 이 가게를 꾸준히 계속해나가는 일에만 저의 온 생각을 집중하게 되었습니다. 그것은 앞에 나온 '5엔짜리 동전이어야만 하는' 할아버지의 고집스러운 심신과도 닮았습니다. 그리고 실은 거기에 가장 중요한 무언가가 있지 않나 생각합니다.

"당신은 장사 수완은 없어도 인덕은 많군요."

저와 가까운 사람일수록 진심을 담아서 해주시는 말씀입니다. 확실히 지금까지 그저 한결같이 계산대에 앉아서 헌책을 사고팔아 왔을 뿐인데 생각지도 않았던 좋은 만남과 좋은 인연을 누려왔습니다. 저는 헌책방 일을 '현기증 나는 고착생활'이라고 부르고 있습니다만, 이번에 이렇게 ≪지구·가족 통신≫에 글을 쓰게 된 것도 그 좋은 인연 가운데 하나입니다. 제가 태어나고 자란 작은 동네에서 꼼짝 않고 헌책방을 지키고 있었기에 만나게 된 고마운 인연이라 생각합니다.

'고집스러운'이라는 말은 평소에는 별로 좋은 의미로 쓰이지 않습니다. 그렇지만 그 말은 '계속된다'는 것을 의미할 뿐 아니라, 무엇인가를 퍼뜨리거나 이어주는 씨앗이 될 수도 있겠구나 하고 요즘 5엔짜리 동전을 볼 때마다 생각합니다.

책 도둑질

　헌책방을 시작하고 1년 정도 지난 어느 겨울날, 책장에 있어야 할 책이 없어진 사실을 알았습니다. 파울 클레가 쓴 『클레의 일기』입니다. 식물의 발육상태가 좋지 못한 밭처럼 책이 띄엄띄엄 있던 가게였기에 착각할 리가 없습니다. 더구나 그 전날 저녁 그 책을 손에 들고 있었던 사람도 금방 떠올랐습니다.

　처음으로 책을 도둑맞았던 그때 느낀 충격은 대단히 컸습니다. 그러나 동시에 '우리 집에도 훔쳐 갈 만한 책이 있었나?' 하는 묘한 감동이 살짝 들었던 것도 솔직한 마음이었습니다.

　책장의 책도 손님도 처음 도둑맞았던 그 당시보다 몇 배나 많아진 지금도 책이 없어지면 대체로 '아, 그때' 하고 대충 그 상황을 떠올릴 수 있습니다. 그러나 그 도둑이 누군지 딱 집어내기는 어렵고, 잘못하면 전혀 죄 없는 사람을 의심할 수 있기 때문에 한바탕 발을 동동 구르면서 분해하다가 잊으려고 노력하는 수밖에 없습니다.

"책 훔치는 걸 도둑질이라고 하면 안 되지. 책을 훔치는
일은 독서인의 본업인데 어찌 도둑질이라 하겠소?"

이 말은 노신이 쓴 「공을기」에서 주인공인 공을기가 펴는 억지 논리입니다. 정말 말도 안 되는 변명이지만, 책을 도둑맞고 실컷 화를 낸 뒤 문득 이 말이 떠오르면, 머릿속에 등장하는 남루한 장삼을 걸친 술주정뱅이 좀도둑에게 "오늘은 이 정도로 해주지" 하면서 꿀밤을 한 대 쥐어박고 나서야 천천히 마음을 가라앉힐 수 있습니다.

최근에 저 자신이 이제 인생의 반 이상을 헌책방 주인으로 지내고 있다는 사실을 깨닫고 깜짝 놀랐습니다.

그동안 많은 책과 만나서 친해지기도 했습니다만, 이렇게 갑자기 사라져버린 책들도 많습니다. 요즘은 읽으려고 훔치는 게 아니라 되팔기 위한 목적으로 훔치는 사람들도 많아진 것 같습니다. 그래서 '책 도둑은 도둑이 아니……'라는 너그러운 말도 할 수 없게 되었습니다.

'공을기는 도대체 언제까지 나의 뇌리에 떠오를까?' 하고 걱정한 뒤에 생각해보니, 참 하다 하다 별 이상한 걱정도 다 하는구나 하고 깨닫고는 피식 웃고 말았습니다.

20년

'아, 반갑네' 하고 그 책을 손에 들고 훌훌 페이지를 넘긴 뒤 습관적으로 뒤표지를 확인한 바로 그 순간, 속으로 '앗' 했습니다. 헌책방에서 붙인 가격표를 뗀 자국에 묘한 친근 감을 느낍니다. '맞네', 이 책은 오래전에 K 선생님이 우리 가게에서 사신 책이었습니다.

『우리들의 광석 라디오』.

동양사와 사회학을 중심으로 무섭도록 딱딱한 책들만 꽂혀 있는 그 서재에서 귀엽다는 생각이 들 정도로 눈에 띄는 노란 책. 20세기 초에 갑자기 나타나서 어느새 사람들에게 잊혀진, 회로의 일부를 광석 결정을 사용하여 만든 환상적인 전파 수신기에 관해 쓴 책입니다. 책 자체는 그리 희귀한 책은 아니지만, 우리 가게에서 이 책을 취급한 적은 가게 문을 열고 나서 얼마 안 되었을 때 딱 한 번뿐이었습니다.

책장에 진열할 책도 만족스럽게 갖추지 못했을 무렵이었고, 또 제가 좋아하는 책이기도 해서 이 책이 팔렸을 때는 조금 아쉬운 기분이 들었던 기억이 있습니다.

요즘은 정기적으로 근처 K 선생님 서재에 장서를 정리하러 다닙니다. 선생님의 가족분들에 의하면 선생님은 몇 년 전부터 건강이 안 좋아지셔서 지금은 침대에서 몸을 일으키는 일조차 힘드시다고 합니다. 그리고 이전부터 "무슨 일이 생겨서 책을 정리해야 하면 꼭 그 헌책방에 연락하라"고 지명하셨다며 저에게 연락이 왔습니다.

선생님은 대학에서 학생들을 가르치셨기 때문에 이웃들도 선생님이라고 부르고 있습니다. 저에게 K 선생님은 처음 가게를 시작했을 때부터 가끔 들려주셨던 고객이십니다. 벌레문고가 지금의 장소로 옮겨 왔을 때는 선생님 댁이 가게 바로 근처라는 걸 알고 서로 놀라기도 했습니다. 그래서 저도 K 선생님이라고 부르게 되었습니다.

자택 뒤편에 세운 조립식보다 약간 튼튼한 단층집. 벽면을 따라 설치한 책장이 있고, 가운데에는 스무 개 가까운 철제 선반이 서로 등을 맞대고 세 줄로 늘어서 있습니다. 가장 밝은 창가에는 큰 책상과 의자가 놓여 있고, 방 한편에는 개수대와 화장실까지 있는, 책을 좋아하는 사람이라면 한 번쯤은 부러워할 만한 사설 도서관 또는 비밀기지 같은 정취가 있는 서재입니다. 저는 그곳에 주 2, 3회 들러 오전에 몇 시간 틀어박혀서 책 정리를 합니다.

K 선생님의 장서는 앞에서 말한 것처럼 연구서, 전문서, 기타 관련 자료가 대부분이고, 책 내용도 그렇고 책 자체도 하여튼 딱딱하고 무겁고.

그런데 책상 옆 작은 책 상자 속에 아마도 선생님께서 한숨 돌릴 때 펼친 것으로 보이는 시집과 화집, 전기(傳記) 수십 권과 함께 『우리들의 광석 라디오』가 꽂혀 있었습니다. 아마도 예전부터 쭉 이 장소에 있었던 거겠죠.

우리 가게는 올 2월로 개점한 지 꼭 20년이 되었습니다. 이왕 이렇게 된 거 기념행사라도 할까 생각해봤지만, 딱히 뭘 해야겠다 하고 생각나는 일도 없고 해서 그냥 그대로 지났습니다.

이렇게 오래된 손님의 장서를 정리하는 일은 참으로 고마운 일입니다. 그렇지만 기쁜 일이 아니라, 말할 수 없이 쓸쓸한 일입니다. 헌책방 일은 이처럼 서글프고 적적한 일이기도 합니다. 이런 느낌은 이 일을 계속하면 할수록 더 커지는 것 같습니다.

이렇게 가게에 다시 돌아온 그 책을 잠시 바라보고, 또다시 가격표를 붙여서 가게 책장에 진열했습니다. '그렇구나, 20년이 지났구나' 갑자기 강하게 실감이 났습니다.

성장

가게를 시작한 지 2년 정도 지난 어느 여름날, 옆 가게와 우리 가게 사이에서 새끼 고양이 울음소리가 들렸습니다.

이 일의 자초지종에 대해서는 훨씬 전에도 쓴 적이 있습니다(이 책 앞쪽의 「미르 씨」 참조 ─ 옮긴이). 낡은 연립 가옥 틈새에 떨어져서 어미 고양이도 어떻게 할 수 없었던 새끼 고양이를 그 연립 가옥의 내장재가 허술했던 덕분에 구출할 수가 있었고, 그때부터 기르기 시작했습니다.

'미르 씨'라고 불리는 그 고양이는 지금도 살아 있습니다.

스무 살, 인간으로 치자면 백 살을 넘긴 나이라고 합니다. 역시 이젠 비실비실.

고양이는 온몸이 부드러운 털로 덮혀 있어서 나이를 많이 먹어도 그렇게 늙어 보이지 않지만 그래도 생명체라서 어떤 시기를 지나면 갑자기 노인네 같은 분위기를 풍깁니다.

미르 씨는 삼색 고양이인데, 최근에는 '어, 전에는 뚜렷한 삼색이었는데?' 하고 옛날 사진을 꺼내서 비교해볼 정도로 전체적으로 빛깔이 하얗게 바랬습니다. 움직임도 매우 둔해졌습니다.

성격도 변했습니다. 어릴 때는 아주 개구쟁이고, 지기 싫어하고, 늘 새끼고양이 같았는데, 나이를 먹어서 가게 지키는 일을 그만두고 집에만 머물게 되면서부터 점점 얌전해졌습니다.

그리고 지금은 아직 아기인 조카가 꼬리를 잡아당기거나, 있는 힘껏 끌어안아도 '참을 인' 한 글자로 견디어내고 있습니다. 처음에는 너무 얌전해서 '안 싫어하는 거 아냐?'라고 생각했는데 조카가 돌아가자마자 또렷이 티가 나게 '아이고, 살았다' 하는 모습으로 몸을 뉘기에 사실은 속으로 꾹 참고 있었다는 걸 알았습니다. 미르 씨가 예전에 했던 개구쟁이 짓을 알고 있는 나로서는 참으로 애처롭게 느껴집니다.

최근에 여러 사람에게서 "붙임성이 좋아졌네", "밝아졌네" 같은 말을 듣습니다. 아, 이건 고양이가 얘기가 아니고 제 얘기입니다. 확실히 되도록 살가운 사람이 되려고 노력하고 있고, 그렇게 하니까 오히려 저 자신이 즐거워지기도 합니다.

제 일 자체가 손님이 있어야만 돌아가는 일이기 때문에 원래는 당연한 일이지만, 타고나면서부터 자연스럽게 그렇게 행동할 수 있는 사람이 있고 그렇지 않은 사람도 있습니다. 저는 오랫동안 그렇지 못했습니다.

너무나 붙임성이 없어서 "당신은 가게를 경영하기에 부적합하다"는 쓴소리를 들은 적도 있었습니다만, 당시를 돌아보면 그런 말을 한 사람의 마음도 충분히 이해가 갑니다. 너무 잘 알 것 같아서 진절머리가 날 정도입니다. 그러나 어떤 직업 세계에서도 적성이 완벽하게 맞는 사람만이 그 직업을 갖는 건 아닙니다. 모두 저마다의 사정과 형편이 있는 거겠지요.

그렇지만 다행히도 영세 상인에게는 필수 덕목인 '한곳에 가만히 붙어 있을 수 있는' 적성만은 지니고 있습니다. 그리고 그 적성에 맞게, 가능하다면 이대로 가만히 있을 수 있도록 헌책방이나 상점 주인에게 필요한 또 다른 필수 덕목도 조금씩 길러 왔다고 생각합니다.

지식이라든가, 허세라든가, 미소라든가.

"많이 늦었지만 어른이 되었네, 우리 둘 다" 하고 등뼈가 다 드러난 미르 씨의 등을 쓰다듬자 미르 씨는 입을 다문 채 '으응' 하고 대답했습니다.

끝으로

'이 가게를 언제까지 할 수 있을까?' 이렇게 생각하며 쓰기 시작한 벌레문고에 관한 글이 한 권의 책이 되었습니다.

이 책이 나오기까지 여러 사람에게 많은 신세를 졌습니다. 벌레문고와 여러모로 인연을 맺은 많은 분께 감사드립니다. 그리고 앞으로도 잘 부탁드립니다.

막 이 책을 다 쓴 날, 저의 '조강지묘'인 나도 씨가 17세의 천수를 누리고 긴 여행을 떠났습니다.

생각하는 바가 있어서 이제까지는 고양이에 대해서는 별로 쓰지 않았고 이 책에도 살짝만 등장합니다. 그래도 지금까지 저에게 일어난 거의 모든 일 곁에는 항상 둥그스름한 그녀가 있었습니다.

나도 씨도 정말 고마워.

처음 가게를 열었을 때와 달리 세상은 완전히 변해버렸

지만, 그러니까 더욱더, 지금도 변함없이 '이 가게를 언제까지 할 수 있을까?' 라는 마음으로 계산대에 앉아 있습니다.

여기까지 읽어주신 여러분. 언젠가 구라시키에 오실 일이 있으면 들려주세요. 기다리고 있겠습니다.

2012년 1월
다나카 미호

아침에 가게 문을 열고 나서 조금 지나면 "푸, 푸" 하는 콧소리가 들립니다. 이웃 고양이 M 씨입니다. 5~6세 정도 되는 미모가 뛰어난 하얀 암고양이입니다. M 씨는 태어나면서부터 비염이 있어서, 비록 모습은 안 보여도 그 콧소리만으로도 '아, 왔다 왔어' 하고 알 수 있습니다.

문과 창을 닫아 놓는 걸 싫어하는 저는 가게 문과 뒤쪽 청소용 창문을 한여름과 한겨울 말고는 대체로 열어 놓는 편입니다. M 씨도 열린 문으로 언제든지 자유롭게 들락날락 할 수 있어서 좋은가 봅니다. 한동안 계산대에서 낮잠을 자거나 열심히 털 손질을 하고 나서 또 어디론가 나갑니다.

가게를 시작했을 때부터 쭉 같이 있었던 나도 씨라는 고양이가 5년 전에 죽었습니다. 마침 이 책의 초판 후기를 쓰고 있을 때였습니다.

벌써 몇 년 전에 가게를 지키는 고양이로서는 은퇴했지만, 그래도 '나도 씨가 죽으면 나 혼자 벌레문고를 해나갈 수 있을까?' 하고 무작정 걱정했습니다. 그러나 어떻든 이겨

낼 수 있었습니다. 사람과 고양이는 서로 수명이 다르니까 어쩔 수 없는 일이지요.

그리고 무언가가 없어지면 다른 것이 들어올 여지가 생기는 모양이지요? 그때부터 저보다 어머니를 더 따르던 미르 씨와 가까워지고, 이렇게 이웃 고양이까지 쉬러 오게 되었습니다.

이 책의 처음 기획은 진로를 고민하거나 독립이나 창업을 하려는 젊은이들에게 노하우를 알려주는 책 같은 이미지였습니다. 그런데 제가 창업 노하우를 알려줄 수 있을 만한 사람이었다면 이렇게 무모하게 헌책방을 열지는 않았을 것이기에 있는 그대로의 현실을 보여드릴 수밖에 없었습니다. 결과적으로 '이런 사례도 있습니다'라는 책이 되었습니다.

이 책에 실린 글의 반 정도는 이전에 ≪와세다 헌책마을 통신≫이라는 메일 매거진에 연재한 글인데, 이 글들에 나오는 에피소드들을 보충하는 형식으로 나머지 반을 써서 한 권의 책으로 정리했습니다.

문고판으로 만들며 구판에서는 쪽수 제약으로 싣지 못했던 글 네 편과 비교적 최근에 쓴 글 네 편을 새로 실을 수 있었습니다. 특히 나카오 츠토무 씨의 개인잡지 ≪CABIN≫에 쓴 「오자키 가즈오와 이끼의 길」은 이 책에 여러 번 등장하는 《호쇼겟칸》의 편집장이었으며 지금은 돌아가신 다무라 하루요시 씨가 병상에서 "좋았어!"라고 해주신 글인데 (나카오 씨 앞으로 '다나카 미호 씨의 (이끼) 글, 좋았어!'라고 쓴 엽서가 왔다고 합니다), 이렇게 문고판에 실을 수 있어서 정말 다행입니다.

얼마 전에 이 일을 나카오 씨에게 말씀드렸더니 "다무라 씨를 대신해서 '좋았어!'라고 말하고 싶은 기분입니다"라는 대답을 들었습니다.

이번에 문고판 출간에 힘써주신 '치쿠마 쇼보'의 다카하시 준이치 씨에게 진심으로 감사드립니다.

한참 전에 쓴 글도 많고, 그중에는 20대에 쓴 것까지 포함되어 있습니다. 제가 지금 40대 중반이니까 동네 모습도 사람의 흐름도 가게의 상품 구성도 나 자신도 '지금도 전혀 변함없이'는 아닙니다. 그래도 오랜만에 오신 분들이 "변함없네요"라고 하시면, 그사이 별다른 '성장이 보이지 않는다'고 어이없어하시는 말은 아닌 것 같습니다. 패기가 없다고나 할까, 느긋한 분위기에 오히려 마음을 놓는 사람도 적지 않다는 뜻일까요? 그런 말을 듣는 일은 언제나 같은 자리에 있는 동네 헌책방으로서는 나쁘지 않다고 생각합니다.

요 몇 년간, 이끼 도감이나 거북이에 관한 책을 낸 탓인지 최근에는 자연과학 분야 책의 매입이 늘어나서 서가에서 점점 더 자주 눈에 띄게 되었습니다.

또 저자가 책방을 하고 있으면 언제 오시더라도 대개는 저자 본인이 맞이하기 때문에 가게는 자연스레 '이끼와 거북이 상담소'같이 되었습니다.

"올해야말로 기르는 거북이를 동면시키려고 생각하는데 좀 걱정이 되어서"라든가 푸딩이 담겼던 것 같은 컵에 이끼를 넣어와서 "이 이끼 종류를 알고 싶다"라든가 "떼어내도 떼어내도 다시 생기는 마당의 우산이끼가 너무 싫다"든가.

아무리 생각해봐도 책방이 '책'과는 꽤 동떨어진 쪽으로 유명해진 것 같습니다.

"앞으로 이 가게를 어떻게 하고 싶으신가요?" 이런 질문을 받는 경우가 있습니다. 이럴 때, 그 자리에서 알기 쉽게 한마디로 속 시원하게 대답할 수 있는 꿈이나 목표는 특별히 없습니다. '이렇게든 저렇게든 할 수 있는 데까지 계속할 뿐입니다'. 이것이 솔직한 제 마음입니다.

'이것만은 정말 싫어'라든가 '무리야', '못 해' 하는 일만 피해서, 될 수 있으면 자연스레 일어나는 일은 막지 않으면서 해 온 것들이 쌓여서 모습을 갖춘 게 이 가게겠지요.

'1, 2년 해보고 안 되면 그만두자.' 솔직히 이런 안이한 생각으로 시작했지만, 정작 시작하고 또 계속하다 보니 도대체 헌책방이 '안 된다'는 게 뭔지 점점 알 수 없게 되어 지금에 이르렀습니다. 그래서 오히려 더 헌책방 일이라는 건 정말 재미있는 일이구나 하고 생각합니다.

이전에 '자신의 저서를 말한다'는 테마로 이 책에 관해 쓴 글의 한 대목입니다. 이 느낌은 지금도 전혀 변함없습니다. 스스로 생각해도 저 자신의 현재 과거 미래를 부정하지 않기 위한 변명을 참 잘도 늘어놓고 있다고 감탄합니다. 어쨌든 벌레문고를 계속해나가겠다는 의지만큼은 터무니없이 강합니다.

몇 년 전부터 주변이 관광지로 변해서 황금연휴 때라도 되면 가게 밖은 마치 가마쿠라의 고마치 거리처럼 사람들로 붐빕니다. 당연한 일이지만 거리가 흥청거린다고 해서 헌책방도 그런 것은 아닙니다. 인파를 헤치고 헤쳐서 가게를 찾아온 친구가 "어, 이 안에만 조용하네"라며 웃습니다. 그런 날은 이웃 고양이들도 바깥 거리를 걷는 게 불안한지 '잠깐 여기쯤에서 쉴까'라는 듯이 아장아장 가게로 들어와서 풀쩍 계산대로 올라와서는 그대로 뒷마당으로 빠져나가서 산속의 고양이 길 쪽으로 걸어갑니다. 그 모습을 본 친구는 "뭐

야 여기, 고양이 길이야?"라며 더욱더 우스워합니다. 하루
하루가 이런 식이니까 매출도 변함없고요.

　얼마 전에 이 책 속 「아직 망하지 않았습니다」라는 이야
기에 등장하는 오사카의 O 씨 따님이 찾아오셨습니다. 지
금은 대학에서 러시아 문학을 공부하고 있답니다. 전공 공
부가 재미있는지 가게에 있는 러시아 문학 명작을 몇 권 사
셨습니다. 가게를 시작했을 때는 아기였던 그녀와 지금 이
렇게 책과 문학에 관해 이야기할 수 있는 것이 이상하기도
했지만, 그래도 이건 아마도 분명히 엄청나게 행복한 일이
라고 생각했습니다.

　그녀가 돌아간 뒤, "그러니까 나도 나이를 먹고, 나도 씨
도 죽기도 하고 그러는 거네"라며 혼잣말을 하면서도 한편
으로는 묘하게 기쁜 마음이 들어서 "좋았어!"라며 마음을 다
잡고서 주먹을 불끈 쥐고 다시 책에 가격을 붙이는 일로 돌
아갔습니다.

　'아, 역시 벌레문고에 앉아 있는 건 즐겁구나' 하고 생각
합니다.

2016년 7월 7일
다나카 미호

해설

하야카와 요시오 (가수)

가게 겉모습부터 빨려들어 갈 것만 같다. 책장의 색조, 책 진열 방식에서도 나 자신과 같은 냄새를 느낀다. 뭔가 재미있는 책이 있지 않을까 하고. 게다가 고양이가 있다. 거북이도 있는 것 같다. 이런 책방이 근처에 있으면 아마도 산책이 즐거워지겠지.

사실 나는 아직 구라시키의 '벌레문고'에 간 적이 없다. 점주인 다나카 미호 씨와도 만난 적이 없어서 잘 모르지만, 이 책을 읽어 보고 꽤 친근감을 느낀다. 나와 어딘가 닮은 부분이 있다.

다나카 씨는 "내가 있을 공간이 갖고 싶어서"라는 이유로 스물한 살이라는 젊은 나이에 헌책방을 열어 버렸다. 생각해보면 나도 똑같은 이유로 서점을 시작했다. 집단행동을 잘하지 못하고 다수 의견에 위화감을 느낀다. 회사 생활은 못 할 것 같다. 다른 사람 밑에서 일하고 싶지 않으니까 다른 사람을 부리고 싶지도 않다. 내가 편안한 장소에 있고 싶어서 내 방처럼 작은 가게를 차릴 수밖에 없었다.

찻집도 생각해봤지만 아마 쓸데없는 이야기와 웃음소리가 온종일 들려와서 참을 수 없을 것 같았다. 내 멋대로 상상한 것이긴 하지만 헌책방은 깐깐한 고객이 와서 "깎아달라"고 책값을 흥정할 것 같은 느낌이 들어서 나는 신간 서점을 선택했다. 그것도 특색이 있다거나 전문적인 책방이 아닌 아주아주 보통 책방.

젊었을 때, 나는 신주쿠의 '후게쓰도(風月堂)'라는 찻집에 매일같이 다녔다. 그곳은 인테리어도 접객 방식도 특별하지 않은 지극히 평범한 찻집인데 왠지 손님층이 색달랐다. 어떠한 구별도 없이 누구든 다 받아들여 주는 가게였기 때문이다. 햇병아리 예술가 같은 사람이나 히피, 심지어는 시너가스를 마시는 건달들까지 가게에 눌어붙어버려서 할 수 없이 폐점에 몰리게 된 찻집이다. 보통의 가게를 지향했는데 자연스럽게 개성적인 가게가 되어버린 후게쓰도의 정신이 나에게는 아름답게 느껴졌다.

그때까지 나는 음악 제작 일을 하고 있었는데 그 일이 나와 잘 맞지 않는다는 걸 깨닫고 스물세 살에 그만두었다. 멋지다고 생각했던 일이 더는 멋져 보이지 않았다. 젊은이라는 게 괜히 지긋지긋해져서 빨리 아저씨가 되고 싶었다.

책방은 손님 입장에서 보자면 한마디 말도 안 해도 되니까 파는 쪽도 편할 것 같았다. 목욕탕 계산대도 동경의 대상이었다. 고양이나 안고 있으면서 "어서 오세요, 감사합니다" 라고만 하면 시간이 알아서 흘러가 줄 것 같았기 때문이다.

그런데 사는 일과 파는 일에는 큰 차이가 있었다. 잘 팔리는 신간은 작은 서점에는 들어오지 않는다. 신간 발매일 전에 손님으로부터 주문을 받는다. 가게에서 반드시 한 권은 팔리는 책이다. 틀림없이 주문을 넣었는데도 발매일에 들어오지 않는다. 손님은 당연히 어이없어한다. 화낸다. 나는 사과한다. 그런 일이 노상 있었다.

책을 주문받고 사입하러 갔는데 도매상에 책이 없다. 그러면 출판사에 직접 사러 간다. 그러나 말도 안 되는 일이지만 책을 안 파는 출판사가 있었다. 일본을 대표한다는 그 출판사 정문 앞에서(반 농담이지만) 분신자살할까 생각한 적조차 있다. 손님과의 신용에 관한 문제였기 때문이다. 이런 고생담은 전에 다른 곳에 쓴 적이 있으니까 여기서 되풀이하지는 않겠지만, 지금도 작은 책방에서 열심히 일하시는 분들을 보면 절로 고개가 숙여진다.

어느 사이엔가 나는 기회만 있으면 언제든지 서점을 그만두겠다는 심정이 되었다. 이대로 책방을 계속하다 죽어버리면 화장터 소각로 속에 뼈 말고도 다른 게 남아 있을 것 같았다. 분함과 나 자신의 어리석음이다. 나는 다시 노래를 불렀다. 겨우 아저씨가 되었는데 이번에는 젊을 때로 돌아가고 싶어진 것이다.

서점 폐업 날, 꽃다발이 왔다. 뜻밖이었다. 가게 앞에는 "나는 슬프다!"고 외치는 사람이 있었다. 이제까지 한마디도 말을 나눈 적이 없는 손님에게도 인사를 받았다. 항상 야한 책을 사던 어떤 손님이 깊이 머리를 숙였다. 우리 가게에는 이와나미 문고와 프랑스서원 문고(이와나미문고는 학술서 중심, 프랑스서원 문고는 야한 소설 중심 – 옮긴이)가 모두 다 갖추어져 있었다. 책장은 점주가 만드는 것이 아니다. 오랜 세월을 거치면서 손님과 함께 책장의 색조가 물들어 가는 것이다. 나는 눈물이 그치지 않았다. 눈에는 보이지 않았지만, 작은 일상에도 감동이 조금씩 쌓여 있었다.

21년간 서점을 계속할 수 있었던 까닭은 좋은 손님 덕분이다. 좋은 손님이란 산뜻하게 와서 산뜻하게 가는 바람 같은 사람이다.

다시 태어나면 다시 책방을 하고 싶다고는 생각하지 않지만, 아쉬움이 남는다면 서점을 좀 더 개성 있게 만들었으면 좋았을 걸 하고 후회하고 있다. 주의(主義)는 주장하는 게 아니고 개성은 과시하는 게 아니지만, 책방은 책을 파는 곳이 아니라 역시 자기 자신을 파는 장사라고 생각하기 때문이다.

이 책『나의 작은 헌책방』에서 저자는 "어깨너머로 배우면서 시작한 가게에서 보낸 20년 가까운 나날들. 힘들었다고 하면 힘든 일도 있었지만, 이상하게도 '이제 그만하고 싶다'는 생각이 든 적은 단 한 번도 없습니다"라고 말하고 있다. 깜짝 놀랐다. 그만두고 싶다고 생각한 적이 한 번도 없었다니. 얼마나 멋진 삶을 살고 있는가. 고서점과 신간 서점의 차이일까. 아니, 역시 성격 차이겠지. 다나카 씨는 책방을 하기 위해 태어났을지도 모르겠다.

서점 일을 계속해올 수 있었던 이유를 다나카 씨는 이렇게 쓰고 있다. "이상하게 들리겠지만 제가 재주가 없어서 그렇다고 생각합니다." 여기서 다나카 씨의 인품이 드러난다. 무리하지 않고, 비굴해지지도 않고, 교만 떨지 않고, 아는 척하지 않고, 겸허하다. 허풍도 안 떤다. 재주가 없으니까 자기가 할 수 있는 범위 안의 일만 한다. 누구에게도 부드럽다. 유유상종이니까 같은 부드러움을 지닌 사람들이 모여 '벌레 문고'를 지탱한다.

본 적도 없는 개 두 마리가 목줄도 없고 주인도 없이 벌레 문고 가게 안으로 들어온 이야기가 나온다. "그 개들이 정말로 할아버지와 할머니였던 것 같은 생각이 들었습니다"라고 다나카 씨는 말한다. "지금 이 가게를 할아버지, 할머니에게 보여드리고 싶었는데"라고 생각하고 있으니까 정말로 그 모습을 보러 오신 거다.

나도 같은 경험이 있다. 가마쿠라 해안에서 어머니가 물려준 시바견과 산책하고 있다가 흑조와 우연히 마주쳤다. 처음 보는 새다. 내가 가까이 다가가도 도망가지 않는다. 그뿐만이 아니다. 도쿄에서 독신 생활을 시작했는데 연못도 초목도 없는 아파트 창밖 빈터에서 커다란 개구리 두 마리가 내 방에 들어왔다. 아버지와 어머니다. 영혼은 언제나 말이 없다.

나의 작은 헌책방

내가 정말 하고 싶은 일을 하는 삶에 관하여

초판 1쇄 발행	2021년 5월 19일
초판 2쇄 발행	2021년 6월 4일

지은이	다나카 미호
옮긴이	김영배
펴낸이	반기훈
편집	김유, 반기훈

펴낸곳	㈜허클베리미디어
출판등록	2018년 8월 1일 제 2018-000232호
주소	06300 서울시 강남구 남부순환로378길 36 의산빌딩 4층
전화	02-704-0801
홈페이지	www.huckleberrybooks.com
이메일	hbrrmedia@gmail.com

ISBN 979-11-90933-07-0 03830

Printed in Korea.